放課後の
聖女さんが
尊いだけじゃ
ないことを
俺は知っている2

CONTENTS

肩から伝わる彼女の体温が心地よく、
無防備にその身を委ねられていることがこそばゆかった。
今の状況に大和はドキドキしていたが、なぜだか安心もしていた。
矛盾しているようだが、そんな気分を味わっていた。
「聖女にも、休息は必要だよな」
そんな独り言をこぼしながら、
日を浴びて輝く彼女の髪をさらりと撫でた。

放課後の聖女さんが尊いだけじゃないことを俺は知っている2

戸塚 陸

ファンタジア文庫

3129

口絵・本文イラスト　たくぽん

CHARACTER

人物紹介

倉木《くらき》大和《やまと》

平凡で退屈な毎日を送る、ごく一般的な男子高校生。母親と二人暮らしで、家事はそれなりに得意。

白瀬《しらせ》聖良《せいら》

美しい容姿と神秘的な雰囲気で人を惹きつける美少女。周囲からは聖女と呼ばれている。

新庄《しんじょう》瑛太《えいた》

ノリがよく、友達思いなクラスの人気者。彼のファンである女子生徒も多いのだとか。

環《たまき》芽衣《めい》

明るく気さくな小動物系女子。成績優秀で、クラス委員を務める優等生な一面も。

一話　夏のはじまり

夏の夜は蒸し暑いことが多い。

それでも初夏と呼べる時季であれば、幾分か涼しい日もある。

中間テストが迫る五月下旬。その夜は、そんな涼しい日だった。

自室で勉強に精を出していた大和《やまと》だが、ふとスマホを確認したことで手を止める。新着のメッセが届いており、相手が聖良《せいら》だったからだ。

『近くまで来てるんだけど、ちょっと出てこられない？』

「は⁉」

大和が素っ頓狂な声を上げるのも無理はない。

現在の時刻は午後十時半過ぎ。高校生が出歩くにしては、だいぶ遅い時間である。

けれど――というよりだからこそ、大和は急いで外出の準備を始めた。

いくら『近く』といっても部屋着で出るわけにはいかず、無地のTシャツとデニム生地の半ズボンに着替えてから、財布と自転車の鍵を持って外に出る。

自転車に跨《また》がったところで、『どの辺りにいる？』と大和はメッセを返す。

すると、すぐさま聖良から『大和の家の近くの公園』と返事があった。本当に近所であることに大和は驚きながら、自転車を全力で漕《こ》ぎ出す。

数分ほどで近くの公園に到着すると、ベンチに座る聖良の姿を見つけた。

自転車を降りて近づいていくと、気づいた聖良が手を振ってくる。

「こんばんは」

棒アイスを片手に呑気《のんき》な挨拶をしてきた聖良は、夏仕様の制服姿だった。街灯が照らす夜の風景とは、なんともミスマッチな組み合わせである。

ひとまず大和は息を整えてから、装《よそお》いまで涼やかな彼女の隣に座る。

「で、こんな時間にどうしたんだ？　まさか、制服のままオールをしようってわけじゃないんだろ」

「はい、これ」

そう言って、聖良が差し出してきたのは一枚のＣＤだった。以前、大和に貸してくれると言っていたアニソンのＣＤである。

「えっと、これを貸すためにわざわざ来たのか……？」

「うん」

「明日、学校で渡すんじゃ駄目だったのか？」

「なんか、大和にすぐ聴いてほしいって思ったから」

真《ま》っ直《す》ぐにこちらを見つめて、照れも迷いもなく聖良は伝えてくる。

思わず大和は目を逸《そ》らしてから、そのＣＤを受け取った。

「今回はその、ありがとう。でも、次からはもっと時間を気にしてほしいというか……呼んでくれれば、俺が自転車で取りに行くし」

「そっか、わかった。じゃ、そろそろ帰るね」

淡々と聖良は答えてから、アイスの残りを口に入れて立ち上がる。

そのまま歩き出した彼女の背を追うべく、大和は自転車を引いて隣に並ぶ。

「その、途中まで送っていくよ」

「ほんと？　でも、大和の帰りが遅くなるよ？」

「平気だよ、自転車もあるし。それよりこんな遅い時間に、白瀬《しらせ》が一人になる方が心配だ」

「ふふ、ありがと」

唐突に聖良が微笑《ほほえ》むものだから、大和の胸の辺りが大きく脈打つ。

動揺する気持ちをごまかすように、大和は別の話題を振ることにした。

「そういえば、中間まで一週間を切ったな。俺なんて、さっきまでずっと勉強漬けだったよ」

「あー、言われてみれば」

月明かりが照らす中、ふいに聖良が顔を覗《のぞ》き込んでくる。

「な、なんだよ」

「顔色、あんまりよくないなと思って」

「最近は寝不足ぎみだからな」

「がんばってるんだね」

「凡人は努力をしないと、良《い》い成績が取れないんだよ」

自称凡人である大和は高望みをするつもりはないが、最低限、他人に言っても恥ずかしくない大学に推薦入学することを目指している。そのためには日々の勉強はもちろん、直前の追い込みも必要になるのだ。

誰がどう見ても凡人ではない聖良は感心するように頷《うなず》きながら、夜空を見上げて手を伸ばす。

「努力ができる時点で、十分すごいと思うけど。私は勉強とか、あんまりやる気が出ないし」

「けどたしか、白瀬は成績が良かったよな？」

「うん。前のテストも、平均九十点は取ってたと思うよ」

淡々と答える聖良。……大和は自然とこめかみの辺りを押さえた。

「さらっとすごい自慢をしてきたな……」

「大和が訊《き》いてきたんじゃん」

「いや、そうだけどさ……」

テストの話題を振ったことを大和が後悔していたところで、聖良が何やら閃《ひらめ》いたとばかりに手を叩《たた》く。

「そうだ、私が勉強を教えよっか」

思わぬ提案をされて固まる大和をよそに、聖良はさらに続ける。

「ほら私、成績良いし」

自慢するでもなく、聖良はさらりと言う。こんな発言でも嫌味を感じさせないところがすごい。

とはいえ、それでも皮肉の一つも返したくなるわけで。

「成績が良いことと、教えるのが上手《うま》いかどうかは別だと思うけどな」

「あー、確かにね。でも、やってみる価値はあるんじゃない？」

皮肉めいた発言をして、それを相手が素直に受け入れたときほど、自分が惨《みじ》めに思えることはない。

そんな経験をした大和は、反省しつつ頭を下げる。

「……そういうことなら、よろしくお願いします」

「任せて。なんか面白そうだし」

果たして聖良と二人で、まともに勉強ができるのか。嬉々《きき》とする聖良を見ていると少し不安にもなるが、彼女が言った通り、やってみる価値はあるだろう。

「勉強会をやるとしたら、やっぱり放課後だよな。場所はどこにするか」

「ファミレスは？　学校の図書室でもいいけど」

「よし、ファミレスにしよう」

即答する大和。放課後の図書室には他の生徒もいるだろうし、また変な噂《うわさ》が立つのが目に見えているので却下である。

「じゃあ、明日から放課後はファミレスね」

「ああ、よろしくな」

そうこう話している間に、聖良の家の近くまで来た。

足を止めた聖良は、くるりと向き直ってくる。

「ここでいいよ。すぐそこだし」

「お、そうか」

「送ってくれてありがと。この時間に大和と会えて嬉《うれ》しかった」

ふっと聖良は微笑んでくる。

そこかしこに街灯があるので、互いの表情がはっきりと見える。そんな状況で聖良から面と向かって礼を言われたことで、大和は気恥ずかしさを覚えていた。

「……何度も言うけど、あんまり夜遅くに出歩くなよ。危ないからな」

だからか、つい説教口調で返答してしまった。

それでも聖良は笑みを浮かべたまま、こくりと頷いてみせる。

「じゃ、バイバイ。おやすみ」

「ああ、おやすみ」

聖良は小さく手を振ってから、スキップを踏んで帰っていく。

夜道でスキップする制服姿の背中を見ていると、どうにも危なっかしく思えて、やはり心配な気持ちになるのだった。

家に帰った大和は、さっそく借りたＣＤを聴いてみた。

テンポの良い愉快な曲が流れて、大和は自然と気持ちを高揚させながら、再び勉強に取り組み始める。

（白瀬が俺にこの曲を聴いて欲しかった理由が、なんとなくわかった気がする）

テスト期間中だからとはいえ、根を詰めすぎていたのかもしれない。

明日からは聖良との勉強会も始まる。ゆえに、もう少し気持ちに余裕を持っていこうと、大和は思い直すのだった。

二話　聖女さんとの勉強会

翌日の放課後。

最寄り駅から一つ隣の駅前にあるファミレスにて。勉強会をするべく、大和《やまと》と聖良《せいら》は現地集合をすることになっていた。

先に着いたのは大和の方で、聖良はそれから二十分ほど遅れてやってきた。

「ごめん、待った？」

そう尋ねてくる聖良は、少し息が上がっていた。おそらく道に迷いながら、走ってきたのだろう。

「俺もさっき来たところだよ。今日は職員室に寄る用事があったからさ」

……というのは嘘《うそ》だが、これも大和なりの気遣いである。

そもそも現地集合にしたのは、同級生と鉢合わせすることを避けたいという大和のわがままな理由なので、これくらいの気遣いをするのは当然なのだ。

「ならよかった。それじゃ、入ろっか」

聖良に促されて、ファミレスに入店する。

店内はそれほど混んでおらず、大和たちは壁際《かべぎわ》の四人席に案内された。

「どれを注文しよっか」

向かい合う形で座るなり、さっそくメニューを開いた聖良は、心なしか声を弾ませながら尋ねてくる。

「うーん、俺はドリンクバーだけでいいかな。何か食べると眠くなりそうだし」

「そっか。じゃあ適当に頼んじゃうね」

「ああ」

呼び出しボタンを聖良が押すと、間もなくして店員がオーダーを取りに来る。

聖良はメニューを指差しながら、

「マルゲリータピザにカリカリポテト、それと本格派ドリアにエビクリームグラタンと、ドリンクバーを二つで」

「相変わらず多いな。しかも、油物ばっかりだ」

思わず大和が呟《つぶや》くと、聖良は仕方なくといった様子で追加の注文をする。

「あと、シーザーサラダを追加で」

「無理に頼まなくてもいいんだぞ」

「大和に言われてなんとなく気が向いたし、たまには食べようかなって」

意外に食べ物の好みが子供っぽいとは思っていたが、改めて彼女の食生活が心配になる。

とはいえ、これ以上言うとさすがに鬱陶しく思われそうだったので、大和は口をつぐんだ。

店員がオーダーを復唱してから去っていくと、大和たちはドリンクを取りに席を立つ。

「どうしよっかな」

ドリンクバーに着くなり、聖良はコップにコーラを半分ほど注いだかと思えば、考え込むようにして腕組みをする。

まさか、ドリンクを混ぜるつもりだろうか。

「……俺はシンプルにアイスティー、と」

「アイスティーはコーラと相性が良いよ」

「いや、混ぜないから」

「そっか」

特に残念がることもなく、考えがまとまったらしい聖良はコップにグレープソーダを加えた。

予想していたよりも無難な組み合わせだな、と大和は思っていたのだが。

「あとは、これとこれで」

無難だったのは最初だけ。手当たり次第にいろんな飲み物を加えていき、最後にメロンソーダを加えたところで、コップがいっぱいになった。

（それ、絶対に不味《まず》いやつだろ……）

見るからに混沌《こんとん》としているその飲み物は黒く、それでいて紫だったり緑がかったりしていて、とても美味《おい》しそうには見えない。

だというのに、聖良はどこか満足そうである。

「よし、私の方は完成。大和は平気？」

「……ああ、戻ろうか」

席に戻ると、ちょうど店員がシーザーサラダを運んできたところだった。

「大和も食べていいよ。お金は気にしなくていいから」

「いや、そういうわけにはいかないって。むしろ俺の勉強に付き合ってもらうんだから、俺が全部払ってもいいくらいだし」

「私が食べたくて頼んだやつだし、気にしなくていいって」

「じゃあ、せめて割り勘で」

「んー、わかった」

　聖良は渋々納得した様子で頷《うなず》いてから、お手製ドリンクに口を付ける。すると、どうやら大和の予感は的中したらしく、聖良は僅かに顔を歪《ゆが》めた。口直しも兼ねてなのか、聖良はサラダの取り分けを始める。

「割り勘なら、大和もいっぱい食べないとね」

　そう言って、聖良は小皿いっぱいにサラダを盛り付けて手渡してきた。

「白瀬《しらせ》もちゃんと食べるんだぞ？」

「わかってるって」

　と言いつつ、自分の小皿には半分ほど載せただけ。サラダはそれほど食べたくないのだろう。やはり味覚は子供である。

　大和がジト目を向けるものの、聖良は目を合わせずに鞄《かばん》の中をいじり始めた。つられるようにして、大和も自身の鞄から教科書やノートを取り出す。

「そういえば、主目的は勉強だったな」

「そーそー」

「まずは数学Bから頼む」

　数学Bは大和の苦手科目である。文系科目は基本的に高得点を取れるが、理系科目はどうにも覚えづらく、対策をしっかり講じないと散々な結果になってしまうのだ。

「いいよ。範囲は教科書の四十ページまでだったよね」

「ああ。図形と方程式の辺りが、どうにもぴんとこなくて」

「座標平面のやつか。それなら、このページの問題を例に使おっか。じゃあ、まず――」

というわけで、さっそく勉強会がスタートした。

始まってすぐに、大和は驚く。

聖良の教え方が、数学の担当教師にそっくりだったからだ。

口調や態度、仕草の話ではない。内容がまさしく、授業中に教師が話していたものの簡略版といった形で、必要最低限のことをピンポイントで説明するものだった。

余計な情報が一切なく、複雑に感じていた数学の問題が、とてもシンプルなものに思えるほどである。数学の担当教師には悪いが、大和にとっては聖良の説明の方がよっぽどわかりやすかった。

「――練習問題、解き終わったぞ」

「お、どれも正解だね。やるじゃん」

「白瀬のおかげだよ。これで数学Bは問題なさそうだ」

「よかった。それじゃあひとまず、ご飯を食べよっか」

「だな。いただきます」

実のところ注文した品はとっくに揃《そろ》っていたのだが、勉強に熱心になるあまり、食べることを忘れていたのだ。

短時間に集中して頭を働かせたせいか、身体《からだ》が栄養を欲《ほっ》している気がした。そのため、大和はがっつくようにして料理を食べ始めた。

「ふぅ。食べた食べた」

小腹を満たすつもりが、夕飯がいらなくなるくらいにがっつり食べてしまった。

同じ量を食べたはずの聖良は、デザートにストロベリーパフェを頼んでいて、甘いものは別腹だという概念が実際にあることを大和は知った。

「それにしても、白瀬は教えるのが上手《うま》いな。正直、びっくりしたよ」

「そう？　授業の内容をただかいつまんで話しているだけだよ」

「それが出来る時点ですごいって。普段はどれくらい勉強しているんだ？」

「家では勉強してないよ」

「え？」

「ん？」

きょとんとした顔で、聖良は小首を傾《かし》げる。

大和は動揺しつつ、さらに尋ねてみる。

「えっと……なら、いつ勉強してるんだ？　もしかして、塾に通っているとか？」

「塾なんか行ってないって。テストだけなら、授業を聞いてれば大体できるし」

「へ、へぇ……」

つまり聖良は、授業を聞いているだけで定期テストを平均九十点以上も取っているということだ。

都立青崎《あおさき》高校は平均的な偏差値とはいえ、予習復習もなしに定期テストで成績上位者になれるほど甘くはない……はずである。普通であれば。

それが出来てしまう時点で、やはり聖良は『天才』なのだろう。

驚きのあまり大和はぽかんと呆《ほう》けていたが、そこで店の入り口付近から騒がしい声が聞こえてきた。

視線を向けると、青崎高校の制服を着た女子生徒が数名ほど、入店してきたところだった。

（ツイてないな……やっぱり、一駅ずらすくらいじゃ意味はなかったか）

顔に見覚えはないため、他学年——おそらく一年生だろう。あくまで直感だが、上級生にしては落ち着きがない気がした。

「大和？」

聖良が不思議そうに呼びかけてくる。今しがた入店してきた女子生徒たちのことなど、気にも留めていない様子だ。

せっかく聖良が勉強を教えようと、わざわざ時間を作ってくれているのだ。こちらが集中力を切らしては駄目だと大和は思い直し、気持ちを切り替える。

「悪い、なんでもない。次は化学を教えてもらえるか？」

「わかった」

そうして次の科目に移ったのだが。

「ねぇ、あれって二年の聖女さんじゃない？」

「うっわ、マジだ。てか男子と一緒にいるじゃん」

「えー、なになに？　なんか面白そー」

先ほど入店してきた女子生徒たちが、こちらに気づいたらしい。席はそれなりに離れているものの、きゃいきゃいと騒ぎながら、あからさまに好奇の目を向けてくる。

正直、大和の方は気まずい。おそらくすでにＳＮＳで拡散し始めているだろうが、この場だけでも穏便に済ませたいというのが、大和にとってせめてもの願いだった。

けれど、その願いは叶《かな》いそうになかった。

女子生徒たちはドリンクバーに行くついでに、わざわざ大和たちの席の前を通り、スマホで大胆にも撮影をしていく。それを戻る際にもされて、大和は気まずさから俯《うつむ》き始めていた。これは話しかけられるのも時間の問題だろう。

そんなとき、聖良がつんつんとシャーペンでつついてきた。

「集中できない？」

淡々と尋ねられたので、大和は正直に頷いてみせる。

「……なんか気になるというか、気が散るというか。せっかく白瀬が勉強を教えてくれているのに、悪いな」

「そっか。なら、ちょっと待ってて」

そう言って聖良は立ち上がると、そのまま女子生徒たちの席へと向かう。

何を言うつもりなのか。大和は焦《あせ》りながらも耳を澄ませていると、聖良の声が聞こえてきた。

「勉強に集中できないから、見ないでもらえると助かるんだけど」

直球。けれど優しい口調で聖良が言うと、女子生徒たちは揃って首を縦に振ってみせた。

「ありがと」

聖良は礼を告げてから、すたすたと何事もなかったかのような顔で戻ってきた。

やけにすんなり解決したなと思っていたら、女子生徒たちの方から甲高い声が聞こえてきた。興奮した様子で、とても嬉《うれ》しそうである。

彼女たちに注意をする際、聖良はどんな表情をしていたのか。気になるところではあるが、大和の方からは残念なことに顔が見えていなかった。

「いったい、どんな魔法を使ったんだ？」

気になって尋ねると、聖良はきょとんとしながら「べつに。ただ、見るのをやめてほしいって言っただけだよ」と答えた。つまりは無自覚らしい。

あちらからは引き続き甲高い声で「聖女さん顔良すぎ！」、「声も最高だった～！」、「実物めっちゃ可愛《かわい》かった！　完全にもうファンになっちゃったよ～！」などと口々に感激する声が聞こえてきた。……なるほど、聖良が女子にもモテるという噂《うわさ》は本当だったらしい。

「ほんと、白瀬はモテるよな……」

「そう？　よくわかんないけど」

「無自覚なのもすごいよ」

その無自覚ぶりには呆《あき》れを通り越して、もはや尊敬すらしてしまうほどだ。

そこで聖良は不思議そうな顔をして尋ねてくる。

「そういう大和はモテないの？」

ちょうどアイスティーに口を付けたところだったので、勢いよく吹き出してしまった。

「ぶふっ⁉」

「あーあ、もったいない」

「誰のせいだよ誰の！」

ツッコミを入れながらテーブルを拭いて、気を取り直そうと咳払《せきばら》いをする。

「ごほん。……俺は見ての通り、モテたことなんか一度もないよ」

「ふーん、そうなんだ」

あっさりと納得されても複雑な気持ちになるが、今重要なのはいかにしてこの話題を終わらせるかである。よって、大和は化学の教科書に向き直る。

「そろそろ雑談は終わりだ。勉強を再開しよう」

「うん、わかった」

聖良も気持ちを切り替えたようで、勉強会は再開された。


二時間ほどが経《た》ち。

大和の集中力も切れてきたところで、この日はお開きということになった。

支払いを済ませてから店の外に出ると、すでに夜の光景が広がっていた。普段はあまり利用しない駅前ということもあり、その光景は少し新鮮に感じる。

「んー、疲れた」

隣で大きく伸びをしながら、聖良が呟《つぶや》くように言う。

「おつかれ、今日はありがとな。すごくためになったよ」

「ならよかった。中間テストまではあと三日だよね。それまでは毎日がんばろ」

「お、おう。そうしてくれると、俺は助かるけど……」

自分の勉強は大丈夫なのかと尋ねようとしたところで、そもそも聖良はテスト勉強をしないタイプだったことを思い出して口をつぐんだ。

途中で予期せぬ邪魔は入ったものの、今日の勉強会は大和にとってとても有意義だった。

何せ今日だけで、苦手だった数学と化学のテスト範囲をばっちりと押さえることができたのだから。

明日は得意科目の復習を手伝ってもらおうと決めたとき、ふと聖良がボーッと遠くを眺めていることに気づく。

彼女の視線の先には、寂れたゲームセンターがあって。

「息抜きに寄っていくか」

その横顔に声をかけると、すぐさま視線を向けてくる。

「いいの？」

「ああ。ずっと勉強漬けだったし、少しくらい良《い》いだろ」

「じゃ、行こ」

聖良は大和の手を取り、そのまま歩き出す。

表情はいつものポーカーフェイスだが、なんとなく喜んでいるのはわかる。きっと、入りたくてうずうずしていたのだろう。

「けど時間も遅いし、一時間だけだぞ」

「……わかった」

返事をするまでに間があったが、気にしないことにした。

今はただ、聖良と楽しむことに集中したかったからだ。

◇

それから三日ほどが経過し、ついに中間テストの当日を迎えた。

朝から教室内の雰囲気はピリピリとしていて、教科書を読み込んで山を張る者や、クラスメイトに泣きつく者、諦めて何もしない者などの姿が目に付いた。どれもテスト前特有の光景である。

「おーっす！」

そんな状況下で、やたらと元気な声が室内に響き渡った。

声の主はもちろん、瑛太《えいた》である。

そのひと声で、強張《こわば》っていた教室内の雰囲気は一瞬にして和らぐ。

これがクラスのリーダーの存在感か……と感心していた大和のもとへ、瑛太が話しかけてきた。

「よっ、倉木《くらき》。どうかね、自信のほどは」

「ぼちぼちかな。まあ、普段よりはできそうな気がする」

「おぉ〜、自信満々だな」

自信満々な発言をしたつもりはなかったが、普段の大和に比べれば前向きである。この数日間、聖良にずっと勉強を教えてもらっていたからだろう。

ちなみにその聖良はといえば、窓際《まどぎわ》の席で頬杖《ほおづえ》を突いている。つまりは普段通りの姿である。

そんな聖良の姿を横目に見ながら、大和は相槌《あいづち》を打つように言葉を返す。

「そういう新庄《しんじょう》は自信があるのか？　来るのが遅かったけど」

「これが終われば、次は体育祭だからな。テストに自信があろうがなかろうが、オレはただ終わりを待つだけさ」

言っていることがいまいち理解できないどころか、テストから目を逸《そ》らしているようにすら見える。もしや、テストの結果を最初から捨てているタイプなのだろうか。

「余計なお世話かもしれないけど、最低限の成績は取っておいた方が良いと思うぞ」

「まあな。これでも一応、ノートとか借りて勉強したし、テストはなんとかなるだろ。それよりもオレは、体育祭が楽しみで仕方がないってだけだ」

「ならいいけどさ」

運動があまり得意ではない大和からすれば、体育祭が楽しみだという発想には至らないし、共感することもできない。

ただ、学校行事を楽しめる姿には少し憧れた。

「てか、テスト前に邪魔したな。まあお互い頑張ろうぜ」

「ああ」

爽やかな笑顔で瑛太が去っていった後、ふと教室を見回すと、真剣な表情で単語帳を見つめる芽衣《めい》の姿が目に入った。

(ほんと、テスト前の行動って人それぞれだよな)

普段と全く変わらないのは、聖良だけである。ある意味で一番異質な存在だが、彼女らしいといえばらしい。

と、そんなことを考えている間に予鈴が鳴った。

頭を試験モードに切り替えて、大和は中間テストの開始に備えた。

都立青崎高校の中間テストは四日間で行われる。

始まる前はその日数を長く感じても、終わってしまえばあっという間に思えるもので。

そうして中間テスト最終日、最後の科目を大和は無事に終えた。

手応えは十分。疲労感はそれほどないが、達成感は凄《すさ》まじい。

というのも、テストの実施期間に入った後も聖良との勉強会は続けており、翌日の対策がしっかりと講じられたからだ。

（結果が楽しみだな。こんな風に思うのは初めてだ）

そうやって浮かれているのは大和だけではない。

テスト終了後の教室は、まさにお祭り騒ぎの状態であった。連日続いていた勉強漬けの鬱憤を発散するべく、皆が浮かれに浮かれていた。

加えて、まだ午前中である。今日はテスト対応の時間割のため、昼前に下校することができるのだ。この機会を最大限に活《い》かそうと、下校時の遊びの計画を立てる者や、久々の部活動にやる気を滾《たぎ》らせる者たちで溢《あふ》れていた。

そんなとき、教壇の前に立った瑛太が声を上げる。

「みんな、テストおつかれ！　というわけで、明日からは体育祭の練習を再開するぞ！」

雄叫《おたけ》びを上げるように瑛太が言うと、それに呼応するようにクラスメイトたち（運動が苦手な一部の者を除く）が、「おーっ！」と気合い十分に声を合わせる。

体育祭の実施日は、今からちょうど二週間後。確かに練習に熱を入れても良い頃合いである。

とはいえ、その空気に大和は乗り切れておらず。代わりに、今後の聖良との遊びのスケジュールを考えていた。

帰りのHRが終了すると、大和は帰り支度を進めながら、聖良あてに『せっかくテストも終わったことだし、どこかに寄っていかないか？』とメッセを送る。

すると、聖良が鞄《かばん》を片手に近づいてきて、

「いいよ、じゃあ行こ」

ふっと微笑《ほほえ》む姿がなんとも可愛らしく、つい見惚《みと》れそうになったが、ここは教室である。

よって、とにかく周囲の視線が痛い。

「……だな、善は急げだ」

大和も鞄を手に取り、聖良とともに早足で教室を出た。

そのまま大和たちがやってきたのは、学校から少し離れた場所にあるファーストフード店だった。

お昼時ということもあって店内はなかなかに混んでいるものの、立地のおかげか、青崎高校の生徒の姿はない。

各々が注文した品を手に、二階の窓際に並んで腰掛ける。

「結構混んでるね。席が空いててよかった〜」

「ほんとにな。それじゃ、さっそく——」

「「テストおつかれさま！」」

Ｌサイズのドリンクで乾杯をしてから、自然と笑い合う。

特大バーガーにかぶりつく聖良の姿を見て微笑ましく思いながらも、大和は本題を切り出すことにする。

「そういえば、白瀬はどこか遊びに行きたい場所とかあるか？　この前、いろいろと希望は聞いたけど、一つに絞るとしたらどれがいいかなと思って」

すると、聖良はもぐもぐと咀嚼《そしゃく》しながら、考え込むようにして小首を傾《かし》げた。

口の中がしっかり空になると、まとまったらしい考えを口にする。

「今は一番、プールに行きたいかも。なんか最近暑いし」

さらっと聖良は言ってみせるが、プールに行くということはつまり、水着になるということである。

聖良の水着姿を想像すると、大和はよからぬ気持ちになりそうだったので、ひとまず自重しておくことにした。

自分から希望を聞いた手前、ここで大和が断るわけにはいかない。プールに入るにしては時期が早い気もするが、温水プールを利用すれば問題ないはずだ。

大和はできるだけ平静を装《よそお》いながら、あくまで自然に、その提案に乗ろうと努める。

「確かに、今日も暑いもんな。それなら週末に市民プールへ行くか」

「あ、プールって言っても、普通のじゃなくて」

「えっ？」

そこで聖良がスマホをいじり始めたかと思えば、すぐさま画面をこちらに見せてくる。

画面に映っていたのは、都内にあるという『ナイトプール』の施設だった。

近所の市民プールとは違って、ビビッドカラーの照明に彩《いろど》られており、華やかでオシャレな施設のようだ。派手な水着の若者たちが映っているせいもあって、大和にはそこが異世界のように思えた。あまりの衝撃に、思考がフリーズするほどである。

「大和？」

固まっている大和に対し、聖良が肩をつついて声をかけてくる。

「あ、ああ、悪い。あまりにも衝撃が強すぎて」

「そんなに嫌だった？」

「嫌というか、その……苦手ではあるな、こういう施設は」

ナイトプールという施設の存在自体は大和も知っている。

夜にも利用できるプール施設のことだが、その実態はいわゆるパリピの集まる場所、もしくは陽キャ専用の危ない施設——というのが、大和の偏見込みのイメージである。実際に利用したことがないゆえに、そういった先入観があった。

そのため、大和は抵抗感を示したわけだが、聖良は心底残念そうに肩を落とす。

「そっか、なら仕方ないね。大和と行きたかったんだけど」

しゅんとする聖良の姿を見ていると、どうにも大和の胸が痛む。

頭から否定するのは違うかもしれないと大和は思い直し、詳細を聞いてみることにした。

「……えっと、白瀬は行ったことがあるのか？　このナイトプールとやらに」

「ないよ。でも調べてみたら、なんか雰囲気がよくて面白そうだったから」

「面白そうって……。どう見ても、危ない連中の溜《た》まり場って感じだろ。前に絡《から》んできたナンパ目的の連中とか、ああいうのがいそうな場所というか」

「そうかな？　情報サイトを見た感じだと、女の子だけで集まったり、カップルが利用することも多いみたいだけど」

「それはそれで気まずいな……」

この発言が情けないことは大和も自覚している。けれど、ここで簡単に折れるわけにはいかない気がした。一種の防衛本能である。

「じゃあ行ってみて、気まずかったら帰ればいいじゃん」

「いや、それはそれでもったいないというか……。ここって、結構いい値段がするだろ。やっぱり、普通に市民プールでいいんじゃないか？」

「なんか、市民プールだと気が乗らない」

聖良の方もなかなかに強情である。

互いに譲らぬ攻防が続く中、聖良が特大バーガーの二つ目を食べ終えたところで、何やら閃《ひらめ》いたとばかりにぽんと手を打つ。

「ナイトプールでも、変な人がいなくて、お金がかからない場所なら良《い》いんだよね？」

「まあ、そんな場所があるならな。……もしかして、あてがあるのか？」

「まあね」

「そ、そうか」

そんな夢のような施設があるなら、大和としても願ったり叶《かな》ったりなわけだが。もしや、お金持ち特有のプライベートプールなどがあったりするのかと思い、大和は期待に胸を膨らませる。

「それじゃ、決まりね。さっそく今夜行こっか」

「これまた急だな。別に暇だから良いけどさ」

「八時に、校門前に待ち合わせでどう？」

「駅じゃなくていいのか？」

「うん。駅に集合だと、遠回りになっちゃうから」

どうやら近場にあるようだ。電車代もかからないのは好都合である。

「結構近いんだな。どんなところなんだ？」

「それは行ってからのお楽しみ」

そう言って、聖良は意味深な笑みを浮かべる。

少し嫌な予感がしたが、気のせいだと思うことにした。

「よし。じゃあ夜の予定は決まったとして、この後はどうしようか。どっかで時間を潰すのもアリだし、早めに解散してもいいぞ」

「水着を取りに一回帰らないとだし、ちょっと寝ときたいから、もう解散にしよ」

「……先に言っておくが、オールをするつもりはないからな？」

「わかってるって。大和はたまに真面目なんだから」

「たまにじゃなくて、基本はいつも真面目なんだけどな」

そんな言い合いをしながら、ランチを食べ終えて。

店を出てから駅の方まで歩き、大通りに出たところで別れることになった。

「プール、楽しみだね」

別《わか》れ際《ぎわ》、聖良が嬉《うれ》しそうに言う。

その無邪気に微笑む姿があまりにも可愛《かわい》くて、つい頬が緩みそうになる。

「そ、そうだな」

口元を隠しながら、大和も同調してみせる。楽しみでもあるが、聖良の水着姿を想像して、すでにドキドキしていた。

「それじゃ、また夜に」

「ああ、またな」

互いに手を振り合って、帰路に就く。
ようやく夏らしいことができるとあって、大和は自然とガッツポーズを取っていた。

三話　聖女さんとナイトプール

午後七時半。

夕飯を軽く済ませてから、大和《やまと》は白いシャツにチノパンを合わせたラフな私服に着替え、水着の入った巾着袋を片手に引っ提げて家を出た。

日中は真夏を先取りしたような暑さだったというのに、夜だからか嘘《うそ》みたいに涼しかった。薄手の私服だと、少し肌寒さを覚えるくらいである。

屋外のプールを利用するのだとしたら、温水でもない限りは凍えてしまうのではないかと、大和は心配になった。

そんなことを考えているうちに、待ち合わせ場所である学校に到着する。

校門の前には、すでに聖良《せいら》の姿があった。ボーダー柄のトップスにデニム生地のショートパンツを合わせた、夏らしくて爽やかな私服姿がとても可愛らしい。

「ごめん、待たせたか？」

小走りで駆け寄りながら声をかけると、スマホを見ていた聖良が視線を向けてくる。

「こんばんは。さっき来たところだよ」

「こ、こんばんは。それならよかった」

夜に待ち合わせるというのは、何度やっても慣れる気がしない。

それに『こんばんは』と挨拶を交わすのも、胸の辺りをこそばゆくさせる。

「じゃ、行こっか」

そわそわする大和とは対照的に、聖良の方は淡々とした調子で歩き始める。

――が、なぜだか聖良は校舎の方に歩き出したかと思えば、門扉《もんぴ》（校門の脇に設置された通用口）に手をかけた。

「お、おい、なにをやってるんだ？　学校に用でもあるのか？」

動揺しながら大和が尋ねると、聖良は頷《うなず》いてみせる。

「今日は学校のプールに入ろうと思って」

「なっ……」

予想外の返答に絶句する大和をよそに、聖良はあっさりと開いた門扉をくぐってから、ちょいちょいと手招きをしてみせる。

「ほら、大和も早く」

急《せ》かすように言われて、大和は仕方なく後に続く。

「一応聞くけど、学校に許可は取ったのか？」

「取ってないよ。来る前に電話で、校内に入る許可は貰《もら》ったけど」

さらっと悪びれることなく聖良は言う。

意外にも校内に入る許可を貰っていたことに大和は安堵《あんど》しつつ、引き続き質問をする。

「その校内に入る許可を貰うために、学校側にはどう説明したんだ？」

「忘れ物を取りに入りたくて～、って」

「思いっきり嘘じゃないか……。まったく、とんだ聖女だな」

呆《あき》れる大和の方へ、聖良は顔だけ向けてきたかと思えば、意味深に微笑《ほほえ》んでみせる。

（ほんと、可愛ければ何をしてもいいってわけじゃないんだぞ……）

笑顔でごまかしてくるのは癪《しゃく》だが、それでも可愛いのは認めざるを得ないわけで。

先を歩く聖良は昇降口を使わずに、校舎の外側を回り込むようにして進んでいく。

青崎《あおさき》高校のプールは屋外にあるので、このまま本当にプール場まで向かうつもりなのだろう。

駐輪場はがらがらで、グラウンドは真っ暗だ。騒音一つない校内の風景はどれも異質に見えて、胸の辺りが妙にざわつく。

漫画やドラマなどで、夜の学校というシチュエーションは大和も目にしたことがあるが、実際に見てみると予想以上に暗く不気味で、ワクワクするというよりも、不安な気持ちの方が大きかった。

（この前、『白瀬《しらせ》が道を踏み外そうとしたら俺が止める』って言ったばかりなのにな）

聖良の姉——礼香《れいか》に対して、宣言をしたときのことだ。

現状は、聖良が『道を踏み外そうとしている』状況とも言えるだろう。だというのに、彼女を止めるどころか、自分まで一緒に楽しもうとしているのだ。このままでは、礼香に合わせる顔がない。

冷静になって考えを改めた大和は、止まる気配のない聖良の背に声をかける。

「な、なあ、やっぱりやめないか？　ナイトプールには、また別の日に付き合うからさ」

ところが聖良は足を止めるどころか、振り返ることすらしない。

「なあ、白瀬」

「大丈夫だよ、バレないって」

「いや、そういう問題じゃなくてだな……」

プール場に続く階段の前に着いたところで、ようやく聖良が振り返る。

「きっと楽しいと思うんだけど、大和は嫌？」

暗がりのせいで、そう尋ねてくる聖良の表情はよく見えない。

声色は穏やかなので、苛立《いらだ》っているわけではないだろう。大和の意見を真摯に聞こうとしているのが伝わってくる。

「その、俺は……」

どう答えるべきか大和が悩んでいると、聖良が近づいてきた。

そのまま目と鼻の先まで顔を近づけてきて、互いの表情がはっきりとわかる距離になったところで、聖良はふっと微笑む。

「よかった、あんまり怒ってないみたいで」

そう呟《つぶや》いた聖良の瞳は暗がりでも輝いている気がして、大和は見つめているだけで吸い込まれそうな気分になる。

そんな一種の煩悩《ぼんのう》を頭の隅に追いやり、大和は視線を逸《そ》らしてから答える。

「……お姉さんにこの前、もし白瀬が道を踏み外そうとしたら俺が止める、って言ったんだ。それなのに、こういう状況になって申し訳ないというか……。あのとき、白瀬は寝ていたから知らないだろうけどさ」

そこまで伝えると、聖良は数歩下がって距離を取った。

そしてふぅとひと息ついてから、聖良は口を開く。

「なんかほんと、いろいろありがとね。それに、心配ばっかりさせてごめん」

このタイミングで感謝をされたり謝られることは、予想外だったので驚いた。

けれどこの会話の流れであれば、学校でのナイトプール体験は考え直してもらえそうだと大和は思い、安心半分、落胆半分の気持ちでいたのだが。

「でも、それならきっと大丈夫だよ。あの人——姉さんなら、これぐらいのことは笑って許してくれるだろうし」

「いやいや、どう考えても笑って許してくれそうにはないだろ……」

「なら、笑顔でデコピンされるくらいかな」

「ぷっ」

聖良は完全に姉のことを舐《な》めている。それがわかった大和は、なんだか微笑ましい気持ちになり、思わず吹き出していた。

「やっと笑った。さっきからずっと難しそうな顔をしてたから、なんか嬉しいよ」

「だってさ……。まあ、許してもらえなかったら、最悪の場合は俺が土下座でもするよ。もしくは、盛大にビンタでもいただくさ」

「それはダメ。大和がそこまでする必要はないって」

「いいや、するね」

「なんか強情」

「――だから、そうならないためにも、今日のことはバレないようにしなくちゃな」

そう言って、今度は大和の方から距離を詰める。

すると、珍しくぽかんと呆《ほう》けた聖良の顔が見えた。

「なんか、面白い顔をしてるな」

「よくわかんないけど、失礼なことを言われた気がする」

ムッとするでもなく、聖良は考え込むようにして言う。

その反応がまた面白くて、大和はふっと微笑んだ。

「大和の笑顔って、見てるとホッとする。なんでだろ」

聖良が真顔でそんなことを言うものだから、照れた大和は背中を向ける。

「と、とにかく、早くプールに入ろうぜって話だ」

「うん、入ろうぜって話だね」

「復唱しないでくれ、恥ずかしいから……」

そうして大和も納得したところで、プール場に続く階段を二人で上がった。

プール場の入り口は当然ながら鍵がかかっていて、周りを取り囲むフェンスをよじ登って中へ入ることになった。

「いよいよ、やばいことをしている気分になってきたぞ……」

フェンスを登りながら、大和はヘタレな発言をする。

「楽しいね」

対照的に、聖良はすでにノリノリである。すごい胆力というか、とにかく肝が据わっていて、どこか頼りがいすら感じさせる。

（白瀬といると飽きないよな）

能天気にも見える聖良のおかげで、大和の心にもだいぶ余裕が生まれていた。

いよいよフェンスの向こう側──プール場に入ったところで、視界いっぱいに神秘的な光景が飛び込んでくる。

広々としたプールに張られた水面は、雲間から差し込む月明かりに照らされ、キラキラと輝いていた。

夜風に吹かれて僅かに揺れる水面の動きとともに、光の輝きも形を変え、見ているこちらの気持ちを高揚させる。

「すごいな……」

「夜のプールって、綺麗《きれい》だね。思ってたよりもずっと、雰囲気がある感じ」

と言う割に、聖良は話しながら手提げ袋をガサガサと漁《あさ》っている。どうやら泳ぎたくてうずうずしているようだ。

「せっかくプールに来たんだし、ちゃんと泳がないとな。じゃ、俺は男子更衣室に――」

言いながら、男子更衣室のドアノブが回らないことで大和は気づいた。

……鍵がないため、更衣室に入る手段がないことに。

「な、なあ白瀬、更衣室の鍵って持ってるか？」

「ないよ。私、あっちの方で着替えてくるね」

「いや、あっちの方って……」

動揺する大和をよそに、聖良は更衣室が入った建物の側面に移動した。

この場に突っ立っていても仕方がないので、大和は反対側の側面に移動する。

この状況で着替えることに聖良は抵抗がないようだったが、ここは屋外であり、二人を遮る障害はないと言ってもいい。

つまりその気になれば、いくらでも覗《のぞ》けてしまうわけだが……大和にそんな度胸があるはずもなく、黙々と着替えを始める。

だが、当然気にならないはずがなく。

数メートル離れた位置で、聖良も着替えているのだ。意識するなという方に無理がある。

――サッ。

そのとき、衣服の擦れる音が聞こえた。

間違いなく、聖良のいる方向からだ。暗がりだからか、聴覚が敏感になっているのかもしれない。

——パツンッ。

これは水着の着用音だろうか。どうにも想像——否《いな》、妄想が捗《はかど》ってしまい、大和の心は落ち着かない。

大和の方は着替えに時間がかかるはずもなく。中学時代に買った少しサイズの小さい海パンを穿《は》いて、準備完了である。

「……俺は着替え終わったけど、そっちはどうだ？」

プールサイドに出て尋ねると、向こう側から「もうちょい」と声が聞こえた。

（はぁ〜っ！　なんだよ、この状況！　もうちょいって何がだよ！）

この状況での『もうちょい』という発言は、大和にとっては意味深なものに思えて、いろいろと妄想をかき立てられるので、もはや無心になるよう心掛けるしかなかった。

プールを眺めながら、ボーッとすること数分。

後ろから「おまたせ」と声がかけられたので振り返ると、暗がりに聖良らしきシルエットが見えた。

彼女の姿を確認しようと近づいたところで、雲に遮られていた月明かりがその場を照らす。

「…………」

目を奪われる、とはこういう状況を指すのだと大和は知った。

スクール水着姿の聖良は、月光を浴びて、さながらおとぎ話に出てくる妖精のようだった。

後ろで髪を一つに束ね、露《あら》わとなった白い肌にしなやかな四肢、そして豊かな胸元。宝石のように大きな瞳と、ぼんやりとしたその表情も相まって、どこか浮世離れした魅力に溢《あふ》れていた。

綺麗だな、と。掛け値なしに大和は思った。

「ん？　なんか変？」

硬直する大和を見て、聖良が不思議そうに尋ねてくる。

ハッと我に返った大和は、慌てて視線を逸らす。

「……えっと、スクール水着なんだな」

チラチラと横目に見ながら大和が言うと、聖良はきょとんとして答える。

「学校のプールなんだし、当たり前じゃん」

さも当然とばかりに聖良は言うが、普通は夜の学校でプールに入る機会などないはずだ。

それにそもそも、大和は学校のプールを使うことすら知らされていなかったわけで。

「その言い方だと、俺の水着がおかしいように聞こえるんだけど」

「なんか小さくない？」

「ほっとけ」

そこで聖良がおもむろに背中を向けてきたかと思えば、

「私、アレンジするときは鏡を使うんだけど、暗いしよく見えなくて。──ちゃんと結べてるか、見てくれない？」

「えっ、ああ……」

思わぬお願いを聖良からされて、大和は視線を泳がせながらも確認する。

いわゆるポニーテールに髪がまとまっていることで、綺麗なうなじが露わとなっていて、控えめに言っても最高だった。

「最高だと思うぞ……」

「え？」

「じゃなくて、ちゃんと結べてると思うぞ」

「そっか。ならいいんだけど」

　そこで聖良が振り返り、大和の全身を珍しいものでも見るように見回す。

「大和って、意外と筋肉あるんだね。ちょっとゴツゴツしてるというか」

「そ、そりゃあ、男だからな。まあ俺の場合は筋肉があるというより、単に痩せ型なだけだと――ほわぁっ⁉」

　突然、聖良がお腹《なか》を触ってきたのだ。

　びっくりしてのけぞる大和の腹を、なおも聖良は興味深そうに眺めている。

「やっぱり固いね。ちゃんと腹筋も割れてるし」

「い、いきなり触るなよ⁉　それに痩せ型の男なら、大抵はこれぐらいだって！」

「へー、そうなんだ。私もたまに腹筋とかするけど、全然だよ。触ってみる？」

　そんな申し出をされて、大和が断る理由などない。触ると言ってもスクール水着の布越しだし、何よりあちらからの申し出なのだ。ここで断ったら一生後悔するだろう。

「……確認、させてもらおうじゃないか」

　そっと手を伸ばして、聖良のお腹をつつくように触る。

　――ふにっ。

　指が柔らかいものに触れて、ゆっくりと沈み込む。

　……幸せが訪れた瞬間だった。

「ね、腹筋ないでしょ。やっぱりちゃんと、筋トレをしなきゃいけないのかな」

「い、いや、そのまま、そのままで、十分いいだろ……」

指を引っ込めた後も大和は動揺しすぎて、明らかに挙動不審になっていた。

お腹であれだけ柔らかいのだ。他はきっと――と、大和の視線は自然に上へと向かう。

その視線に気づいたらしい聖良は、胸元に手を当てながら淡々と言う。

「さすがにこっちはダメじゃない？　大和が言ってた『不純異性交遊』ってやつになりそうだし」

「べ、べつに、触ろうとなんか思ってないぞ！」

「そ。ならいいけど」

大和の主張はあっさりと受け入れられたらしい。気持ちを切り替えた聖良はスマホのライトを照明代わりに点《つ》けて、準備体操を開始した。……聖良の性格に救われた形である。

ただのストレッチも、聖良がやるだけでプロっぽく見える。身体《からだ》がとても柔軟なようで、大和には真似《まね》ができそうになかった。

準備体操はしっかりとやらなければ事故に繋《つな》がるため、大和も必死に煩悩《ぼんのう》を払いながら、真剣にストレッチをする。

一通りの準備体操を終えたところで、シャワー場に向かうことになった。

シャワーの蛇口をひねると水が出たので、二人して頭から浴びる。

「つめたっ」

「そ、そうだな」

髪から水を滴《したた》らせる聖良の姿はやけに色っぽくて。そちらに気を取られていた大和は、シャワーの冷たさを気にするどころじゃなかった。

寒さに震えながらプールサイドに移動したところで、大和は念のために注意事項を告げておく。

「まず、飛び込みはナシだ。危ないからな。それと、足が攣《つ》ったときや溺れそうになったときのために、ハンドサインを決めておこう」

「おー、しっかりしてる」

「これも先に言っておくけど、俺はあんまり泳ぎが得意じゃない。情けないことにな」

「そうなんだ。べつに、情けないとは思わないけど」

「お、おう、ありがとう」

まずはハンドサインを決めてから、続いて足を水に浸す。

「うわ、プールの水も結構冷たいね」

「いくら夏とは言っても、まだ六月にすらなっていないからな。それに今は夜だし」

「プールの掃除も、水泳部が今日やったみたいだしね。もしかしたら、入るのは私たちが初めてかも」

「それはそれで申し訳ない気がするな……」

「わかんないけどね。──よし、そろそろ入ろ」

「ああ」

ドボンと小さく水しぶきを上げて、大和と聖良はプールに入った。

「冷たぃ……」

自身の両肩を抱えて震える聖良。なんだか小動物のようである。

「はは、寒がる白瀬っていうのも新鮮だな。──冷たっ」

ばしゃっと聖良に水をかけられたので、大和もお返しとばかりに水をかける。

「もう、冷たいってば！　ゴーグル忘れたから目に入るし」

「あはは」

「大和、笑いすぎ」

珍しくムッとする聖良を見て、大和は余計に気分がよくなってきた。

聖良の珍しい姿を見られたことが嬉《うれ》しいというのもあるが、この特殊なシチュエーションに慣れ始めたことで、純粋に楽しめるようになってきたのだ。

そこで聖良が何やら思い出したように言う。

「私、泳ぎは割と得意だから、教えよっか？」

「いいのか？　自分で言うのもなんだけど、結構ひどいと思うぞ」

「教え甲斐《がい》があるってことだね。どれから始める？」

「じゃあ、最初は平泳ぎを頼む。足の動かし方がどうにもわかりづらくて」

「カエル足のやつね。なら、まず手を貸して」

「ああ」

言われた通りに手を出すと、聖良が両方とも握ってきた。

「それじゃ、始めよっか」

「お、おう……」

そうして、聖良による水泳レッスンが開始された。

「そうそう、その調子」

聖良の掛け声に合わせるようにして、ばしゃばしゃと水しぶきが上がる。

あれから二十分ほどが経《た》つが、すでに平泳ぎのレクチャーを終え、今はクロール用にバタ足の練習中だった。

「うん、いい感じ。──それじゃ、ちょっと休もっか」

「ふぅ、賛成だ」

とはいえ、聖良の方はまだプールに残るようだ。

先に大和だけプールサイドに上がったところで、普段使っていない筋肉が悲鳴を上げていることに気づいた。タオルで身体を拭いてから、ひとまず床に座る。

ぷかぷかと仰向けになって水面を漂う聖良の姿をぼんやりと眺めながら、ふと思う。

（人魚姫って、あんな感じなのかな）

夜の水面を漂う彼女の姿はまさしく童話のそれで、幻想的な光景を目《ま》の当《あ》たりにしている気がした。

ついでに、聖良の豊かな胸元が水面から浮き出ているところも、見ていて眼福だった。

しばらく聖良は浮きながら頭上の夜空を眺めていたが、ふと大和と視線が合ったことで、浮くのをやめてプールサイドに上がってきた。

「疲れちゃった？」

前髪をかき上げながら尋ねてくる聖良。そのまま大和の隣に腰を下ろして、顔を覗《のぞ》き込んでくる。

まず彼女の綺麗《きれい》なおでこに目がいき、それから胸の辺りまで視線が下がってしまう。

……やはり、なかなかに大きい。しっかりと谷間が見えるほどだ。

「まあ、それなりに」

邪《よこしま》な気持ちに気づかれないよう、大和は平静を装《よそお》って答える。

どうやら聖良はその辺りを疑っていないようで、ふっと優しい笑みを浮かべた。

「短時間で、結構泳げるようになったよね。大和は飲み込みが早い方だと思うよ」

「いや、教え方が上手《うま》いからだろ」

「それは、そうかもだけど」

こういうときに、聖良は謙遜をしたりしない。

どこまでも素直に、思った通りに返答してくるのだ。

「ほんとに、白瀬は素直だよな。たまに頑固だけど」

「大和は一言余計なときがあるよね」

「自覚はしてる」

唐突に聖良が立ち上がったかと思えば、大きく伸びをする。

「ていうか、寒いや。タオル取ってこないと」

そう言って、聖良が歩き出したとき。

――ギィッ。

遠くの方で物音がした。

何かが軋《きし》むような、金属音にも似た音である。

もしかしたら、警備の人間がこちらに気づいて確認しにきたのかもしれない。

「誰か来たかな?」

「かもな、とりあえず隠れよう」

「うん」

相変わらず飄々《ひょうひょう》としている聖良とは違い、大和の方は必死である。内心は、口から心臓が飛び出るんじゃないかと思うくらい不安になっていた。

あらかじめ荷物をまとめておいた更衣室の側面へと移動して、そこに二人で寄り添うようにして身を潜める。

吐息がかかるほど、すぐそばに聖良がいる。そのことを大和は意識しないように、プールサイド側を警戒することに全神経を集中させた。

タン、タン、タン、と階段を上がる音が聴こえてきた。

間違いない、誰かがプール場に向かってきている。

それから間もなくして、ガチャリと鍵の開閉音が鳴り、プール場の出入り口が開く。

「誰かいるのかー?」

聞き慣れない中年男性の声がプール場に響き渡る。見回りに来た警備の人で間違いなさそうだ。大和たちがはしゃいでいた物音を聞きつけたからか、とても警戒しているように思える。

懐中電灯のライトが水面を照らしているのが、大和たちの方から見てもわかった。

プールサイドにはまだ、濡《ぬ》れた足跡などが残っているかもしれない。それを確認したなら、この辺りをくまなく探し始めるだろう。そうなると、見つかる可能性はとても高い。

「ねぇ、大和」

そんなとき、聖良が小声で話しかけてきた。

視線を向けると、びしょ濡れの聖良が上目遣いで見つめてきていて。

ごくり。

思わず大和は生唾を飲んだ。

「……ど、どうした？」

「寒くて。触っていい？」

「っ⁉」

つい大和は声を上げそうになったが、聖良が手で口を塞いできたおかげで、声を出さずに済んだ。

よく見ると、聖良は小刻みに震えていた。先ほどプールから上がったばかりで、まだタオルで身体《からだ》も拭けておらず、全身が冷えているのだろう。

とはいえ、タオルを手提げ袋から取り出そうとすれば、音で気づかれる可能性がある。

このまま彼女を放っておくわけにもいかないので、大和は小さく頷《うなず》いてみせた。

「ありがと」

ぴと。

聖良の華奢《きゃしゃ》な肩が、大和の胸部に触れてくる。

ひんやりと、そしてなめらかな肌の感触が伝わってきて、大和の心臓の鼓動が早鐘のように脈打ち始める。

彼女の肩が触れてくるだけで、これほど動揺するのだ。抱きつかれたりしていたら、間違いなく大声を上げてしまっていただろう。

「あったかい」

耳元で囁《ささや》くように呟《つぶや》いた聖良の声が、大和の全身を強張《こわば》らせる。

塩素の匂いと混ざった、とても甘い匂いが鼻腔《びこう》を満たした。

自身の心臓の鼓動がとにかくうるさくて、聖良どころか遠くの警備員にまで心音が聞こえるんじゃないかと心配になるほどだった。

（早くいなくなってくれ……！）

警備員には見つかりたくない。だがそれ以上に、目の前の聖良を抱き締めてしまわないように理性を保つ方が、今の大和にとってはよっぽど問題であった。

「ったく、気のせいか」

しばらくして、遠くの方で警備員の愚痴るような声が聞こえたかと思えば、そのまま気配が離れていくのがわかった。

ガチャリ、と再び鍵もかけ直されたところで、

「ぷはぁっ」

その途端に、大和は大きく息を吐いた。一気に緊張の糸が解けた瞬間である。

「行ったみたいだね」

そう言って、聖良は身体を離す。

今まで触れ合っていた肌が離れたことで、大和は物寂しい気分になった。

「また警備の人が来るかもしれないし、もう泳がないよね」

「ああ、今日は帰った方がいいだろうな」

「じゃあ、このままシャワーを浴びちゃお」

先に歩き出した聖良とは違い、大和はまだ動けずにいた。

ゆえに彼女の背に向けて、大和は作り笑いを浮かべながら声をかける。

「その、白瀬は特に身体が冷えてるだろうし、先にシャワーを浴びちゃってくれ。俺は警備の方を警戒しておくから」

「わかった」

今しがた聖良に告げた通り、警備員を警戒する必要はあるだろう。

ただ、大和がすぐに動き出せなかったことには他に理由があって……。

「ねぇ」

建物の陰から出た聖良が、月光を浴びながらこちらに振り返る。

「どうかしたか？」

「べつに、大和は何も悪くないから。私の方から触ったわけだし」

「え？」

ふいっと聖良は視線を逸《そ》らして、申し訳なさそうに言う。

「その、さっき大和は変な気持ちになってたみたいだけど、気にしないでってこと」

そう言い残してから、聖良はシャワーの方へと向かった。

一人残った大和は、しゃがみ込んで大きくため息をついた。

それから二人の間には、しばらくぎこちない空気が流れていた。

しかし、着替えを済ませて学校を出る頃には、聖良はすっかり気にしていない様子で。

おかげで、大和の気持ちも切り替わった。

「あー、楽しかった」

繁華街近くの夜道に出たところで、聖良が大きく伸びをしながら言う。

「俺も楽しかったよ。途中で見回りが来たときには、さすがにヒヤヒヤしたけどな」

「あれは私もびっくりしたよ。バレたらどうしようって感じで、スリルがあったよね」

「白瀬はそこも含めて楽しんでいそうだな……」

やはり自分とは肝の太さが違うなと、大和は実感してしまう。

それでも、今日過ごした時間を少しも後悔はしていなかった。

「ねぇ。お腹空《なかす》いたし、どっかで食べていこうよ」

「夕飯は食べてないのか？」

「うん、食べてないよ。プールだったし」

そこは乙女の事情というやつだろう。その辺りのデリカシーが欠けていたことに気づいて、大和は反省した。

「なら、白瀬の行きたい店に行くか」

「ラーメン食べたい」

「またラーメンか……いいけどさ。今九時過ぎだけど、この辺りで営業しているところはどこだろうな」

「駅前のところなら、まだやってたと思うよ」

「じゃあ、そこに行こう」

「うん。楽しみだなー」

幸せそうに微笑《ほほえ》む聖良を見ていると、大和の方まで気分が乗ってくる。

ついでに、お腹も空いてきた。

「なんだか、俺もお腹が空いてきたよ。今日は大盛りだな」

「おー、さすがは男子。私も大盛りで頼むけど」

「さすがは白瀬って感じだな」

「ばかにしてる？」

「してないしてない。単に白瀬はすごいなって感心していただけだよ」

「ならいいけど」

繁華街に近づくにつれて、すれ違う人の数も多くなってきた。

制服姿の学生や、会社帰りの社会人の姿が目立つ。

まだ深夜と呼ぶには少し早くて、けれどすっかり日は落ちていて。

補導をされる心配もなく、かといって日中とは街の雰囲気が違う。

この時間帯が一番好きかもしれないと、大和は漠然と思った。


聖良がおすすめのラーメン店から出ると、夜風がとても涼しく感じられた。

「風が気持ちいいな。にしても、すごい量だった」

満腹感でいっぱいになった大和がそう呟いたところで、

「くしゅんっ」

隣で聖良が可愛《かわい》らしいくしゃみをした。

「風邪でも引いたか？」

「かも。寒いし」

「ほんとに大丈夫か？」

心配になった大和は上に羽織っていたシャツを脱いで、聖良に差し出す。

「これ、あんまり意味はないかもしれないけど」

「あ、ありがと」

遠慮なく受け取った聖良は、すぐに上から羽織る。

「うん、だいぶ平気になった。これ、借りて帰っていい？」

「ああ。洗濯とかしなくていいから、そのうち適当に返してくれれば」

「ふふ、洗濯くらいするって」

「そ、そうか」

失礼な話だが、聖良が洗濯をする姿が大和には想像できなかった。そんな考えを見抜かれたようだ。

そうして駅前に着いたところで、二人は別れることになった。

「それじゃ、また明日。バイバイ」

「ああ、学校でな」

互いに背中を向けたところで、聖良が再びくしゃみをした。

これは本当に風邪を引いたんじゃないかと、大和は心配に思いながらも帰路に就いた。

四話　夏風邪の聖女とお見舞い訪問

翌朝。

教室に聖良《せいら》の姿はなかった。

朝のＨＲが始まると、担任の口から聖良が風邪で欠席する旨《むね》が伝えられた。

おそらく——というより確実に、昨日のプールが風邪の原因だろう。

プール開きの時期とはいえ、夜のプールに入るのはやめておくべきだったと、今さらになって大和《やまと》は後悔した。

すぐに大和は聖良あてに『風邪を引いたらしいな。大丈夫か？』とメッセを送ったものの、昼休みになっても返信はなく。

体調は大丈夫なのかと心配になってしまい、その上、責任を感じているせいで食欲も湧かず、大和は席で一人ぼんやりとしていたのだが。

「おーい、倉木《くらき》。大丈夫かー？」

瑛太《えいた》から声をかけられたので視線を向けると、瑛太と芽衣《めい》が心配そうに立っていた。

「ああ、平気だよ。別に、俺は風邪とか引いてないし」

「いや、どう見ても平気に見えないぞ。顔色悪いし、飯も食ってないだろ」

「なんか、食欲が湧かなくてさ」

そこで芽衣が菓子パンを差し出してきて言う。

「せめて少しは食べよ？　普通のご飯が無理なら、甘い物とかでもいいし」

「ありがとう。気持ちだけ受け取っておくよ」

これ以上は心配をかけるわけにはいかないと思った大和は、弁当箱を手にして席を立つ。

「なあ、今日はオレたちと食べないか？」

すかさず瑛太がランチに誘ってくるが、大和は首を左右に振る。

「ほんとにありがとな。でも、お昼は決まった場所で食べないと落ち着かなくてさ。大丈夫、ちゃんと食べるから」

「そうか、ならがっつり食べてこい」

「いってらっしゃい」

二人に見送られて、大和は教室を出る。

それから屋上に着くなり、弁当を無心でかき込んだ。

「けほっ、けほっ……」

水分を摂《と》らずにいきなり食べたせいで、喉に詰まってむせてしまった。

来る途中に買っておいた緑茶をがぶ飲みして、ふぅとひと息つく。

生ぬるい風が吹きつける屋上はすっかり夏模様だが、どうにも暑さを感じなかった。

身体《からだ》の芯が冷えているようで、自分まで風邪を引いたのかと錯覚を起こしそうになるほどである。

「白瀬《しらせ》、ちゃんと休めてるかな」

ふと空を見上げて、ぼやくように呟《つぶや》いた。

ぐっすり眠れているならいい。薬を飲んで、水分もしっかり摂れていると思いたい。

でも、そうじゃなかったら……と、つい悪い状況を想像してしまう。

（心配性だな、俺も）

けれど、聖良は一人暮らしである。親や姉が駆け付けて看病をしているかもしれないが、そうでなければ家に一人だ。薬もろくに飲めていないかもしれない。

それに一人で心細く……なっているというのは、聖良の場合は考えづらいが、可能性がないわけじゃない。

「はぁ……」

大きくため息をついたところで、予鈴が鳴った。

重い腰を上げて、空になった弁当箱を片手に教室へと戻った。

憂鬱な気持ちのまま午後の授業を受けて、ようやく放課後を迎えた。

帰り支度を進めていた大和のもとへ、再び瑛太と芽衣が近づいてくる。

「なあ、倉木」

瑛太が声を潜めながら、

「今日は、お見舞いに行くのか？」

そう尋ねられて、大和は困惑してしまう。

「えっ、いや……」

「あー、家の場所を知らないよな。環《たまき》は知ってるか？」

「し、知らないよ！　知りたいけど！」

「なら、ちょっくら先生に聞いてくるわ。せんせ――」

「あ、えっと、家の場所は知ってるけど」

思わず大和が言うと、瑛太も芽衣も目を丸くした。

「その……もちろん、入ったことはないぞ」

補足を口にすると、瑛太と芽衣は顔を見合わせてから頷《うなず》いた。

　そして芽衣が何やらモジモジとし始めたかと思えば、手にしていたビニール袋を差し出してくる。

「な、なら、これを渡してもらえるかな？　お見舞い用に買ったやつで、中は全部、果物ゼリーなんだけど」

　袋の中には芽衣が言った通り、色とりどりの果物ゼリーが入っていた。風邪を引いているときでも食べやすい物だ。

「いや、俺は――」

「お見舞い、行くんだろ。きっと聖女さんも、倉木のことを待ってるぜ」

　大和の言葉を遮り、瑛太がキザな笑みを向けてくる。

「新庄《しんじょう》は面白がってるだけだろ……」

「まあな！」

　ニッと白い歯を見せて、グーサインをする瑛太。

　清々《すがすが》しいまでの態度やその顔を見て、大和は苦笑する。

「……わかった、行くよ。元々、気にはなっていたし」

「そうこなくっちゃな！」

　バシッと強めに瑛太から背中を叩《たた》かれて、大和は急《せ》かされるような気分で立ち上がった。

「二人とも、本当にありがとな」

照れながら礼を言うと、二人は揃《そろ》ってにっこりと微笑《ほほえ》んでくる。

「お大事にって、聖女さんに伝えてね」

「あんまりハメを外しすぎんなよ」

二人から背中を押されるようにして、大和は教室を飛び出す。

心なしか、身体が軽くなっている気がした。


学校を出たところで、もう一度聖良にメッセを送っておいた。

これから聖良の家に見舞いに向かうことと、薬や果物を買っていくので、足りない物や欲しい物があれば言ってほしいという内容だ。

見舞いに向かうことを決めた後ではあるものの、やはり聖良の家を訪問するのはどうしても気が引ける。

何せ、聖良は一人暮らしだ。仮に親や姉がいたとしても、それはそれで気まずい。

加えて、あのタワーマンションに入らなければならないというのは、一般庶民の大和からすると、それだけでハードルが高いわけで。

とはいえ、そんな不安ばかりを募らせても仕方がない。気持ちを切り替えて、途中で立ち寄ったドラッグストアで薬や冷却シートなどを購入し、スーパーに寄って食材や飲み物を買った。

そうして記憶を頼りに、歩くこと二十分。

クラス会の日以来に見るタワーマンション──聖良の家に到着した。

やはり目の前にすると、その威圧感は凄《すさ》まじい。真っ黒な壁面は高級感に溢《あふ》れていて、首が痛くなるほどに見上げなければ建物の全貌すら拝めない、まさにセレブ専用といった外観である。

しかし、気圧《けお》されてばかりもいられない。

メッセの返信も未《いま》だにないし、もしかしたら助けが必要な状況かもしれないのだ。

覚悟を決めてエントランスに入り、郵便受けから聖良の部屋番号を確認する。

部屋番号を呼び出し機器に入力すると、数秒ほどして、

『大和？』

と、聖良の声が機器越しに聞こえたかと思えば、すぐさまロビーへの扉が開いた。

（間髪入れずに開けたな……。さすがに、もう少し警戒してもいいと思うんだが）

モダンなインテリアに飾られたロビーを抜けて、いくつもあるエレベーターのうちの一つに乗り込む。

聖良の部屋がある二十階のボタンを押すと、あっという間に到着した。

「いつも白瀬は、こんなところに出入りしているのか……」

改めて住む世界が違うなと思いつつ、エレベーターを出て廊下を進む。

すると、廊下の先に聖良の姿を見つけた。可愛《かわい》らしい苺《いちご》柄のパジャマを着ていて、おでこには冷却シートが貼ってある。ぼんやりとした表情をしているせいか、恰好《かっこう》のせいかはわからないが、なんだか急に幼くなったように見えて、無性に庇護《ひご》欲をそそられる。

（なんだあれ、可愛すぎるだろ——じゃなくて！）

「えっと、わざわざ出てきてもらって悪いな。体調はどうだ？」

「さっき起きたところだけど、まあまあかな。せっかく来てくれたんだし、上がってよ。……って、風邪うつっちゃうか」

「いや、まあ、風邪がうつるとかは気にしなくていいんだけど……」

「じゃ、上がって」

躊躇《ためら》うことなく聖良は玄関の扉を開けると、ちょいちょいと手招きをしてくる。

さっき起きたと言っていたが、大和がインターホンを鳴らした音で起きたのだろう。パジャマが汗でぐっしょりと濡《ぬ》れていることから、そのまま出迎えに来てくれたのがわかる。

玄関に上がると、聖良は一直線に延びるフローリングの床をふらふらとした足取りで進んでいく。まだ体調が優れないのは、目に見えて明らかだ。

すぐに大和は聖良のそばまで駆け寄って、彼女の身体をしっかりと支える。

やはりまだ熱があるのだろう、身体がとても熱い。

聖良はふいっと視線を逸《そ》らしたかと思えば、小さく呟くように言う。

「……私、いっぱい汗かいてるよ」

「そんなことを言ってる場合かよ。部屋……えっと、寝室はどこだ？」

「奥」

「よし、ゆっくり行こう」

大和が聖良に肩を貸すようにして、ゆっくりと廊下を進む。

こうして華奢《きゃしゃ》な身体を支えていると、やはり聖良も女の子なのだと改めて実感させられる。普段から可愛らしいところもあるが、基本的にはサバサバとしていて、頼りがいすら感じさせることが多いから、時折失念しそうになるのだ。

それに聖良は汗のことを気にしていたが、大和は全く不快に思わなかった。むしろ気にせず、どんどん頼ってほしいと思っているくらいである。

寝室に着くなり、セミダブルのベッドに聖良を横たわらせる。

室内のインテリアはシンプルな物ばかりだが、化粧棚の上にパンダのぬいぐるみが置いてあったり、苺柄のカーペットが敷いてあったりと、ところどころに可愛らしい物が飾られていた。

（これが女の子の部屋か。初めて入ったけど、やっぱり全然違うものだな）

そんな風に大和は一瞬だけ感動に浸ってしまったが、すぐに気持ちを切り替える。

「それじゃ、キッチンを使わせてもらうぞ。環さんが果物のゼリーをたくさんくれたから、冷蔵庫に入れておく。あと、スポドリを一本ここに置いておくから」

「汗でベタベタ……気持ち悪い」

「えっと、わかった。何か拭くものも持ってくる。着替えは、クローゼットの中か？」

「んー……くしゅんっ」

やはり聖良は具合が悪そうだ。目は虚《うつ》ろで、すごい鼻声である。こういうときこそ自分がしっかりしなければと、大和は強く思った。

やることを頭の中で整理しながら、大和はテキパキと行動を始める。

まずは広いリビングを通ってキッチンに入り、冷蔵庫の中に買ってきた物を入れていく。

元々、冷蔵庫の中にはジュースやミネラルウォーターくらいしか入っておらず、調理器具はほとんど使われた形跡がないことから、聖良が普段自炊をしていないのは明らかだった。

その代わりと言えばいいのか、隅には大きなゴミ袋がいくつか固めて置いてあった。基本的に、デリバリーや外食をして過ごしてきたのだろう。こんな状況を見てしまうと、健康面が余計に心配になってくる。

きちんと掃除はされているため、調理器具などを水洗いする程度で調理は始められそうだ。

とはいえ、調理をするのは他のやることを済ませてからである。

洗面所で濡れタオルを準備して、ひとまず聖良の寝室に戻る。

念のため、部屋に入る前にノックをすると、「んー」と唸《うな》るような返事が聞こえてきたので、扉を開ける。

「白瀬、濡れタオルを持ってきたぞ」

「ありがと」

礼を言いながらむくりと起きた聖良は、おもむろにパジャマの上を脱ぎ出して――

「――って、ストップストップ！　せめてタオルを置かせてくれ、そのあと部屋を出るから！」

大和は半ばパニック状態になりながらも、なんとか後ろを向く。

けれど、そんな大和の動揺をよそに、聖良は淡々とした口調で言う。

「背中、拭いてほしいんだけど」

「えっ、あっ、その……わかったよ」

覚悟を決めて大和が承諾すると、聖良は背中を向けたまま上を脱いだ。

そしてその直後に、パッと聞き慣れない音が耳に届く。……どうやらブラジャーのホックを外したようだ。

家ではノーブラで過ごす女性もいるという話を大和は聞いたことがあるが、聖良は着けるタイプらしい。そんなことを思いがけず知ることができて、得した気分になった。

「いいよ」

その言葉を聞いて振り返った大和は、思わず息を呑《の》む。

こちらに背中を向ける聖良の後ろ姿が、あまりにも綺麗《きれい》だったからだ。

雪のように白い肌と、華奢な両肩に綺麗な肩甲骨《けんこうこつ》。腰まで続く流麗な背筋に、きゅっと締まったくびれ。火照《ほて》った身体《からだ》を流れる汗の雫《しずく》が煽情的《せんじょうてき》で、鼓動を急激に加速させる。

「大和？」

僅かに聖良が顔を向けてくる。こちらに警戒心を微塵《みじん》も抱いていないようだ。

その純真無垢《むく》な瞳と、全幅の信頼に応えるべく、大和は深呼吸をしてから近づく。

「ああ、大丈夫だ。……背中だけでいいんだよな？」

「うん、あとは自分で拭けるから」

「わかった」

かろうじて聖良はかけ布団《ぶとん》で胸元を隠しているものの、ちらと見える鎖骨がやけに色っぽい。

彼女が決してこちらを向かぬよう、大和は心の中で神頼みをしていた。さすがにそんなことをされたら、理性を保てる自信がないからだ。

「それじゃ、拭くぞ」

「うん、お願い」

大和はベッドの上に腰を下ろし、タオルをゆっくりと聖良の背中に当てる。

「んっ……気持ちいい」

小さく吐息をもらし、気持ち良さそうに聖良は両目を瞑《つぶ》る。

対する大和は、心臓が今にも口から飛び出るんじゃないかという勢いで、とにかく緊張しっぱなしである。

絹のような柔肌にタオルを押し当てる度、聖良は小さく吐息をもらす。

その所作の一つ一つがやたらと色っぽくて、大和は完全に変な気持ちになっていた。

（頑張れ、頑張るんだ俺の理性、負けるな俺の理性、踏ん張れ俺の下心……ッ！）

まるで呪文を唱えるように自分の心に言い聞かせながら、唇を噛《か》み締《し》めて自制する。

「……終わったぞ」

時間にして一分間、大和にとっては永遠とも思えるほどの時間がようやく終わった。

「ありがと。なんかすっきりした～」

「それはよかったよ。パジャマの替えはクローゼットの中か？」

「うん」

「開けるぞ」

クローゼットを開けると、中には様々な衣服の他に、大きな棚が一つ置いてあった。

「棚の何段目だ？」

「一番下ー」

言われた通り、大和は衣服棚の一番下を開ける。

すると、そこには色とりどりの下着類が入っていて――

「うわっ⁉」

情けない声を大和は上げてから、すぐに棚を閉める。

「どうかした？」

「どうかした？　じゃなくて！　一番下はパジャマじゃなかったぞ！」

「あー、その上だったかも」

「ったく、それくらいは間違えないでくれよ……」

寿命が縮まったような気分でその一つ上を開けると、靴下が入っていた。

「…………」

さらにその上を開けると、ようやくパジャマの替えが入っていた。どれも可愛らしい柄や模様が入っている。

「あ、大和」

「な、なんだよ」

「下着も替えたい」

「それは自分で取ってくれ！」

「えー」

普段の聖良と比べて、どうにも甘えてくる頻度が多い気がする。

頼りにされるのは嬉《うれ》しいが、大和にとっては刺激が強すぎたりもするわけで。

聖良はかけ布団をずるずると引きずりながらベッドを下りると、そのまま棚のところまでやってきて、ぺたんとしゃがみ込む。

「……それじゃあ、俺はお粥《かゆ》を作ってくるから。何かあったらメッセを送ってくれ」

そう言って、大和は逃げるように部屋を出る。

下手をすれば、あのまま聖良が下着を替え始めてもおかしくない雰囲気だったからだ。

キッチンに着いたところで、大和は自身の両頰を力強く叩《たた》いた。気合いを入れ直す目的である。

「しっかりしないと。――さて、やるか」

シャツの袖を捲《まく》って、大和は気合い十分に調理を始めた。

それから十五分。

お手製のお粥セットが完成したので、お盆に載せて寝室まで移動する。

トントン、と寝室の扉をノックすると、「どうぞ」と返事があった。

扉を開けると、新しいパジャマに着替えた聖良が、ちょうどベッドから身体を起こしたところだった。

「お粥を作ってきたぞ。といっても、ベースはレトルトだけど」

「食欲ない」

「それでも食べなきゃ駄目だ。朝から何も食べてないんだろ?」

「そうだけど……あ、ゼリー食べたい」

「お粥を食べた後にな」

小さな子供をなだめるように大和が言うと、聖良がむぅと頬を膨らませる。

構わずお盆ごと聖良の前に置いてから、土鍋の蓋を開ける。

「わぁ、玉子のお粥だ」

途端に聖良の表情が変わった。これは狙い通りの反応である。

「玉子焼きが好きみたいだから、お粥も玉子入りにしてみたんだ。お好みで梅干しやおか、しらすもあるぞ」

「豪華〜」

さっそく聖良はお粥をスプーンで掬《すく》い、ふーふーと息を吹きかけてから口に運ぶ。

「おいし〜」

「最近のレトルトはすごいよな。市販万歳って感じだよ」

照れ隠しに大和がそう言うと、聖良が顔を向けてきて、「ありがと」と言った。どうやら大和の照れ隠しは通用しないらしい。

それと着替えたおかげか、お粥を食べた効果なのかはわからないが、聖良の顔色が良くなっている気がした。もしかしたら、すでに熱は下がっているかもしれない。

そう思って、体温計を準備しておく。

「それを食べたら、薬を飲もう。あとは体温も確認しておかないとな」

「多分、もう平気だよ」

「どうだかな」

結局、聖良は土鍋に入っていたお粥をぺろりと平らげた。

用意したおかずも、梅干し以外は全て食べた。……梅干しは苦手らしい。

食後に大和が買ってきた市販の薬を飲んだ後、体温計で熱を測る。

無防備に聖良が胸元のボタンを外して、体温計を脇にはさんだときにはドキドキしてしまったが、大和はなんとか邪念を振り払って立ち上がる。

「さて、俺はゼリーを持ってくるよ。鳴ったら取っていいからな」

「それぐらいわかってるって。世話焼きすぎ」

面倒そうにする聖良の姿が微笑《ほほえ》ましくて、大和は頬を緩ませながら部屋を出る。

それから冷蔵庫のゼリーを取って戻ると、聖良が体温計をじっと見つめていた。

「お、もう測り終わったか。どうだった？」

「うん、やっぱり下がってた」

「おお、それはよかった」

ホッとしながら大和が体温計を確認すると、三十八度ちょうど——しっかり高熱であった。

「……あのな」

「朝はもっと高かったから」

「なら親に来てもらうとか、それが無理なら俺を呼びつけるとかしろよ……」

呆《あき》れぎみに大和が言うと、聖良がぽかんとしながら見上げてくる。そう言われるのが、よほど意外だったらしい。

「別に俺じゃなくても、環さんとかでも良《い》いけどさ。こういうときぐらい、誰かを頼った方がいいぞ」

「うん。次からは、大和を呼ぶね」

「ああ、そうしてくれ」

どことなく嬉しそうにする聖良を見て、大和の方が照れくさくなってしまう。

話題を切り替えるべく、大和は持ってきたゼリーを差し出す。

「ゼリーは食べられるか？　キツかったら無理しなくていいけど」

「食べる」

三十八度の高熱があるにしては元気に見えるし、食欲も戻ってきたようだ。ひとまずは安静にしておけば問題ないだろう。

(そもそもあの量のお粥を一人で食べ切ったしな。ほんと、白瀬はすごいよ)

そんな風に感心していると、ゼリーを食べ終えた聖良がベッドから抜け出そうとする。

「どうかしたか？　必要なものがあれば、俺が取ってくるぞ」

「トイレ」

「……いってらっしゃい」

相変わらずベッドを出た後はふらふらとした足取りで、見ていて心配になる。

とはいえ、さすがに付いていくわけにもいかず。手持ち無沙汰になった大和は、キッチンに入ってお粥の作り置きを用意することにした。

それすらも一通り終わって寝室に戻ると、ベッドの中で聖良が眠っていた。

窓から差し込む夕日がほんのりと室内を照らし、その中で眠る聖良はまさしく、聖女そのものを体現しているようだった。

その光景を見ているだけで、大和がほっこりした気持ちになっていると、そこで聖良が両目を開いた。

「悪い、起こしたか」

「ううん。ちょっと考え事をしてただけ」

「熱があるときには、あんまり考え事はしない方がいいぞ」

そんな助言を大和がすると、聖良がぼんやりとした様子で言う。

「家に大和がいるのって、変な感じだなと思って」

「そう思ってもおかしくないよな。俺もまさか、白瀬の家に入ることになるとは思ってもいなかったし」

「熱が出たとき、大和のお母さんって、いつもこんな風に看病してくれるの？」

布団《ふとん》から顔を半分ほど覗《のぞ》かせながら、聖良が尋ねてくる。話の内容とは全く関係ないが、その様子が小動物っぽくて可愛《かわい》いなと大和は思った。

ベッドの上に大和は座り、思い出すようにして彼女の問いに答える。

「まあ、そうだな。だいぶ前になるけど、俺が熱を出したとき、母さんは仕事を休んでまで看病してくれたっけ。……って、俺が母親っぽいって言いたいのか？」

「ううん。私の母親はこんなに優しくないし」

そう言った聖良が落ち込んでいるのかどうか、話し方からは察しが付かない。

ただ、親を優しくないと口にすることが、辛《つら》いことだというのは大和にもわかる。

「……忙しい人、なんだろうな。白瀬のお母さんは、きっと」

「まあ、忙しいとは思う。知らないけど」

聖良が自身の家族について話すのは、連休最終日の屋上遊園地に行った日以来である。

その日のことを懐《なつ》かしく思いながら、大和は口を開く。

「俺は白瀬のご両親と会ったことはないから、実際にどうこうは言えないけど、風邪のときぐらいは頼ってもいいんじゃないかと思うぞ。親子なんだからさ。もちろん、俺でよければいつだって駆けつけるけどな」

「親が来たら、余計に体調が悪くなりそう」

「そう言うなって」

そこで聖良は、布団で顔を完全に覆い隠してしまった。少し踏み込み過ぎたかと思い、大和は反省する。

「でもそうだね、大和が無理なときには頼るかも」

かと思いきや、聖良は悪い気がしていないらしい。どころか、口調からは少し照れているようにも感じられた。

「ああ、そうしてくれ」

穏やかな気持ちになった大和は、自然と聖良の頭を撫《な》でようと手を伸ばしたが、すんでのところで思いとどまる。

(何を自然に触ろうとしてるんだ、俺は)

危ない危ない、と自制するように腕を引っ込めてから、大きく深呼吸をする。

「そういえば、話は変わるけど、今日さっそくテストの返却があったんだ。しかも数学Bでさ」

話題を変えると、再び聖良が顔を出してきた。

「へー、どうだった？」

大和は鞄《かばん》から返却された答案用紙を取り出し、嬉々《きき》として見せる。

「八十六点だった！　俺、数学でこんなに高い点数を取ったのは初めてだよ。今回は平均点も低かったんだぜ」

「わー、すごいじゃん。やったね」

素直にお祝いをされて、大和は照れ笑いをする。

「これも全部、白瀬が教えてくれたおかげだよ。ほんとにありがとな」

「ふふ、どういたしまして」

どことなく聖良まで嬉《うれ》しそうである。それが大和はすごく嬉しかった。

「それで、その、お返しってわけじゃないんだけど……白瀬は次、どこへ行きたい？　とりあえずプールには行ったから、次は遊園地とかか？」

「んー……ちょっと考えとく。今日は私の家に大和が来てくれたから、大和の家に行くのはまだ少し先でいいかな」

行き先の候補に倉木家が残っていたことに、大和はびっくりである。やはり以前に行きたいと言っていたのは、冗談ではなかったらしい。

「ああ、風邪が治ったらまた考えてみてくれ。——というか話し込みすぎたな、ごめん。これじゃあ、いつまで経《た》っても眠れないよな」

「ううん、楽しいからいいよ」

ふっと聖良に微笑まれて、ドキッとした大和は視線を逸《そ》らす。

「そう言ってもらえると嬉しいけど、さすがにそろそろ帰るよ。見送りはいいから」

そう告げて大和が立ち上がろうとしたところで、シャツの袖を摑《つか》まれた。

振り返ると、起き上がった聖良がぼんやりとした顔で見つめてきていて。

「白瀬?」

「……もうちょっと、いてよ」

上目遣いでこちらを見つめながら、聖良がお願いをしてくる。

目じりがとろんと下がり、頬を紅潮させたその表情は、なんとも庇護《ひご》欲をそそる。とはいえ、それも熱があるせいなのだろうが。

「し、ししし、仕方ないなあ。寝るまでだぞ」

当然、大和が断るはずもなく。興奮ぎみになって言うと、聖良は安堵《あんど》した様子でベッド

に戻る。

「なんか歌ってくれたら、すぐ眠れるかも」

「無茶を言うなって。俺は白瀬と違って、歌は上手《うま》くないんだから」

それでも子守歌くらいなら歌えるが、恥ずかしいのでやる気にはならなかった。

「今日は、ありがとね」

唐突に聖良からお礼を言われて、大和は気恥ずかしさから後頭部をかく。

「別に、困ったときはお互い様だろ」

「そうだね」

そこで会話が途切れて、大和はどう話題を振ろうか困っていたのだが。

「あ、それと鍵。玄関の棚の上にあるから、帰るときはそれを使って」

先に聖良が口を開いたことで、大和はホッとしながら返答する。

「わかった。郵便受けの中に入れておけばいいか？」

「ううん。二つあるから、一個あげる」

「えっ⁉　いや、そんな、いくらスペアキーだってまずいだろ……」

「…………」

「白瀬？」

「……すぅ……すぅ……」

動揺する大和をよそに、聖良は可愛らしい寝息を立て始めた。

きっと伝えたいことを伝えて、安心したのだろう。

それに夜は熱が上がりやすいというし、体調もよくなかったのかもしれない。

「鍵は今度返せばいいか」

そう呟《つぶや》いて、聖良の寝顔に視線を向ける。

気持ち良さそうに眠っていて、年相応の幼さを感じさせる可愛らしい寝顔だった。

ゆっくり休んで、早く万全の状態に戻ってほしい。――そんな願いを込めて、大和は聖良の頭を優しく撫でた。

（これぐらい、許してくれよな）

そんな風に思いながら、聖良に別れを告げる。

「おやすみ、白瀬。……プールのときは、気が利《き》かなくてごめんな」

最後に謝罪をして、部屋を出る。

ずっと大和が気にしていたことだ。あの日、警備員から隠れることばかりに必死だったせいで、濡《ぬ》れた聖良をそのままにしてしまったこと。せめて隠れるときにタオルを手にしておけば、彼女が風邪を引くことはなかったんじゃないかと、大和は責任を感じていた。

それ以外にも配慮が欠けていたかもしれないと、自分を責めそうになる。

けれどきっと、聖良はそれを望まないだろう。『どうして謝るの？』、と笑って流す光景が容易に想像できてしまうほどだ。

ゆえに、これは大和が自己満足をするための謝罪だ。罪悪感を減らし、次は同じ過《あやま》ちを繰り返さないようにと、自分を戒める行為である。

そんなことをする自分に嫌気が差しながら、大和は玄関に向かう。

靴を履いてから、靴棚の上に置かれた鍵を手にして外へ出る。

鍵をかけたところで、すっかり日が沈んでいることに気づいた。

やはりこの時季の夜は少し肌寒い。自分まで風邪を引くわけにはいかないので、大和は駆け足でマンションを後にした。

五話　行事の準備と、合間の息抜き

数日が経ち、六月に入った。

すっかり聖良《せいら》は復調。テストの返却も終わったことで、校内は体育祭ムード一色である。

昼休みや放課後には、クラスごとに競技の練習をするのが日課となり、いつも慌ただしく活気づいている。そのせいか、普段から体操服やジャージで過ごす者が多くなった。

大和《やまと》のクラスである二年B組もご多分にもれず、クラス一丸となって練習に力を入れていた。そうなると当然、大和と聖良が二人で過ごす時間も短くなるわけで。

そんなある日の昼休み。

大縄跳びの練習が終わり、大和と聖良がともに屋上へ移動しようとしていたところで、

「聖女さん、ちょっといいかな？」

緊張した様子で芽衣《めい》が声をかけてくる。どうやら大事な用件があるらしい。

「先に行ってるぞ」

大和は空気を読んでそう告げると、すぐにその場を立ち去った。

それから屋上で待つこと五分ほど。

体操服のまま現れた聖良は、何事もなかったかのように大和の隣に腰を下ろす。

「えっと、さっきのはなんだったんだ？　……って、俺が聞いていい内容かはわからないけど」

「あー、なんか応援団に参加してほしいって言われた。断ったけど」

「断ったのか」

「え、ダメだった？」

「いや、ダメとかじゃないけどさ……」

体育祭の応援団といえば、いわゆる青春の代名詞のような印象が大和にはある。そんな団体に入るよう誘われたというのに、すぐさま断るのは少しもったいない気がしたのだ。

そこでふと、疑問が生まれる。

「でも応援団の募集って、だいぶ前に締め切られていなかったか？　どうして今さら声をかけてきたんだろうな」

「他の団員が盛り上げたいとかで、私に声をかけるよう言ったらしいよ」

美味《おい》しそうに菓子パンを頬張りながら、聖良は終始、他人事《ひとごと》のように話す。

つまり芽衣は、応援団に聖良を引き込むための仲介役をさせられたというわけだ。

本来の応援団は希望者のみが参加するものだが、それでは聖良のようなタイプの生徒は加入しない。ゆえに、スカウトという形で半ば強引に勧誘することにしたのだろう。

そういった場合、確かに芽衣は適任だ。応援団の一員で人当たりがよく、何より聖良と同じクラスなのだから。

その芽衣の『同志』として、聖良への気持ちを知っている身としては、同情したい気分にもなる。

芽衣には見舞いの後押しをしてもらったり、その他にも何度か助けてもらっている。あちらにそのつもりはないのかもしれないが、少なくとも大和は感謝していた。

そういった諸々《もろもろ》の事情から、このまま静観している気にはなれず。

「なるほどな。けど、応援団の件はもう少し考えてみてもいいんじゃないか？」

ゆえに、大和はらしくないことを口にした。

芽衣自身が聖良の応援団入りを望んでいるかはわからない。けれど、人づてとはいえ頼みにきた以上、芽衣も反対はしていないはずだと思ったのだ。

「んー、結構時間を拘束されそうだよ？　特に放課後とか」

聖良の予想通り、体育祭当日までの一週間はほぼ毎日拘束されるだろう。昼休みはもちろんのこと、放課後だってクラスの練習も相まって、きっと遊んでいる暇はなくなる。

それは当然、大和も考えなかったわけじゃない。結局のところ、どうするかは聖良の意思次第だが、せっかく芽衣が頼んできたのだ。もう少しだけ考えてほしいと思った。

「……俺はそういうものに参加した経験がないけど、多分楽しいこともいっぱいあると思うぞ。練習そのものが大変だったり、気が合わない人もいるだろうけどさ」

「大和は応援団に入りたいの？」

意外そうな顔で聖良が尋ねてくる。

確かに、そう受け取られてもおかしくない言い方だったかもしれない。

「いや、別にそういうわけじゃないんだ。入りたかったら、とっくに申し込んでるしな。ただ白瀬《しらせ》の場合は、せっかく環《たまき》さんが誘ってくれたんだから、ちゃんと考えるべきかなって」

「ゼリーの恩もあるしね」

菓子パンを食べ終えた聖良はふぅとひと息ついて、ひょいと跳ねるように立ち上がる。

「じゃあ、大和も入るならやろうかな」

「へ？」

「だから、応援団。大和も一緒なら、やってもいいかなって」

「ああ、俺も応援団にね──って、はぁ⁉」

困惑する大和を見て、聖良は愉快そうに微笑《ほほえ》む。

「二人でやれば、一緒にいられる時間も減らないで済むし」

さすがは聖良だ。こんな言葉を恥ずかしげもなく言うとは。

聞かされた大和の方が赤面しつつ、なんとか言葉を返す。

「そ、そうは言っても、俺が応援団に加入することなんて誰も望んでないと思うぞ」

「私は大和が一緒なら、楽しめるかもって思ったよ」

「うぐっ……なら、言い方を変える。白瀬以外は、誰も望んでないよ」

「反対もされないと思うけど」

大和の精一杯の抵抗にも、聖良は動じる様子がない。

けれど、負けじと大和は反論を続ける。

「練習不足で、特にメリットもない新メンバーは和を乱すだけだろ」

「なら、私と一緒に練習をすればいいよ。文句が出ないくらいに上手くなっちゃお」

「簡単に言ってくれるよな……」

ここで、それでも上手くできる自信がないと言うのは、さすがに情けなさすぎて口には出せない。

（白瀬は頑固というか、興味を持ったものにはとことん取り組もうとするよな）

てしまう。

普段ならそういった聖良の一面は尊敬するところなのだが、今回ばかりは恨めしく感じ
けれど、これで聖良が応援団に参加しなくなると、芽衣に申し訳なくなるわけで。

「……わかったよ。あっちが承諾してくれるなら、俺も応援団に入る」

渋々そう答えると、聖良が嬉《うれ》しそうに手を差し伸べてくる。

「じゃ、環さんにそう伝えてこよ」

「だな」

手を取って立ち上がったところで、先を行こうとする聖良の背に声をかける。

「それと、これ。忘れないうちに返しておくよ」

そこで大和は財布の中に入れておいた聖良の家の鍵を取り出し、返そうとする。

けれど、聖良は受け取る気がないらしく、手で制してくる。

「いいよ、返さなくて。ていうか、あげるって言わなかったっけ?」

「けどこれ、スペアキーだろ。ほんとに貰《もら》っていいのかよ」

「うん。邪魔になるなら、返してくれていいけど」

そう言われると、返すわけにはいかなくなるわけで。

「……じゃあ、貰っとく。また白瀬が風邪を引いたときには、わざわざ起きてもらわなく

ても済むしな」

「そーそー」

こんな気軽に家のスペアキー――というより、合鍵を異性に渡していいものかと心配になるが、聖良は全く気にしていない様子だ。その信頼が、大和の胸を熱くする。

「ありがとな、白瀬」

呟《つぶや》くようにそう言って、大和は聖良の後に続いた。


教室に戻った大和たちは、さっそく芽衣に応援団の件を話した。

すると芽衣は驚きながらも、すぐに応援団の団長と連絡を取ってくれた。

「――オッケーだって。二人とも、これからよろしくね！」

芽衣は心底嬉しそうに、大和と聖良の応援団への加入を歓迎してくる。

「ああ、よろしく」

「よろしくー」

こうして大和と聖良は、誘われて応援団の仲間入りをしたわけだが。さっそく今日の放課後から、応援合戦の練習があるとのことだ。

応援団に所属した経験がない大和にとっては、期待半分、不安半分といった気持ちである。

それから体操服のまま、午後の授業を受けて。

午後一発目――五限の授業は古典で、大和は昼休みの運動疲れもあって眠気がすごいことになっていた。

廊下側の席なので目立たず、少しくらい眠っていても注意を受けづらいわけだが、ちょうど重い瞼《まぶた》が閉じ切ったところで、

「じゃあここを……倉木《くらき》くん、読んでください」

初老の男性教師に名指しされ、大和はびくっと飛び起きる。

意識が混乱したまま、立ち上がって教科書を手にしたが、どこを指定されたのかがわからない。

そんなとき、教室の中央付近に座っている瑛太《えいた》がわざとらしく口を開く。

「四十三ページの三行目とか、倉木も面倒なとこに当たったな～」

助け舟に感謝しながら、大和は四十三ページの三行目から、内容が一区切りするまで読み上げた。

すると、教師は特に気にすることなく頷《うなず》いて、授業は再び進行していく。

瑛太の方を向いて「助かった」とジェスチャーを送ると、爽やかな笑顔でグーサインを

返してきた。

（ほんと焦《あせ》った……。今度からはもう少し気をつけないと）

反省をしながら、ふと視線を窓際《まどぎわ》に座る聖良の方に向けると、ばっちり目が合った。

聖良の席は後ろから二番目の位置にある。つまり大和はわざわざ後ろを向いたわけだが、そのせいで引っ込みがつかなくなったので、軽く会釈《えしゃく》をしてみる。

すると、きょとんとした顔で小首を傾《かし》げられた。会釈の意味がわからないといった様子だ。……恥ずかしくなった大和は前に向き直った。

そんなこんなですっかり眠気が覚めて、以降は大和も授業に集中し、放課後を迎えた。

「それじゃあ、行こっか」

芽衣が上機嫌な様子で大和たちに声をかけてくる。

三人が揃《そろ》って教室を出ようとしたところで、瑛太が「がんばれよ～！」とエールを送ってきた。

「新庄《しんじょう》は応援団に入ってないんだな」

廊下を歩きながら、大和が何気なく思ったことを口にすると、隣を歩く芽衣が楽しそうに返答する。

「ちょっと前に、応援団やらないの？　って聞いたら、『オレがなんでもかんでも参加すると思うなよ～！』って言われちゃった」

「意外だな……。てっきり、イベント事は手当たり次第に参加してるのかと思ってたから」

「あはは、さすがに失礼だよ～」

瑛太の話で盛り上がる二人とは違い、聖良は後ろを歩きながらボーッとしている。まるで、『新庄って誰？』とでも言いたそうな素振りだ。

しばらく歩いているうちに、聖良は何やら思い出したらしく、芽衣の隣に並んでみせる。

「そういえば、この前はゼリーありがと。美味《おい》しかったよ」

「あっ、うん、それはよかった、です……」

話しかけられた瞬間、モジモジとし始める芽衣。

どうやら自分から話しかけるよりも、聖良から接触される方が緊張するものらしい。

その気持ちは、大和にも少し理解できた。

「あ、ごめん、ちょっとトイレ」

トイレの前を通りかかったところで、そう言って聖良が抜けた。

その瞬間、芽衣が大和の肩をぽんぽんと叩《たた》いてくる。

「さっきめっちゃ緊張したよぉ～。もぉう、やば～い……」

　興奮ぎみに話しているのは、先ほど聖良が並んできたときの話だろう。顔を真っ赤にして、目じりに涙すら滲《にじ》んでいるように見える。

「……そ、それはよかったな」

「なんでちょっと引いてるの⁉　倉木くんならわかってくれると思ったのに！」

「いや、そこまで高度な反応にはついていけないって！」

「えぇ～。だって聖女さん、すっごく良い匂《にお》いがしたし……。あのハスキーボイスで話されると、耳まで幸せになるでしょ」

「男の俺が、その話題に同調するのは問題がある気がするんだけど……」

「そんなことないよ！　少なくとも、わたしとの間ではオッケーだよ！　引いたりとか、絶対にしないし」

「ほんとか？」

「ほんとほんと」

　小動物のような愛くるしい笑顔を向けられて、大和の中の懐疑心が薄まっていく。

「じゃあ、えっと……白瀬って声が綺麗《きれい》だし、なんであんなに良い匂いがするんだろうな──あ」

　そんな変態めいた発言を大和がしたとき、ちょうど聖良がトイレから出てきたのだ。

目は合っているが、聖良はいつものポーカーフェイスである。そのせいで、先ほどの会話を聞いていたのか、聞いていなかったのかがわからない。

助けを求めようと芽衣の方を向くと、芽衣は素知らぬ顔で別の方向を見ていた。……あくまで聖良の前では自重するスタイルらしい。

同志の助けがない以上、仕方がないので自分で誤解を晴らすことにする。

「いや、今のは違うんだ。その……そう、柔軟剤の話をしていて！」

「トイレから出た直後に、そういう話をされてもな」

どうやら聖良は大和の発言をしっかり聞いていたらしく、生徒一人ぶんほどの距離を空けてくる。

さすがに申し訳なく思ったらしい芽衣が間を取り持つように、二人の間に入ってくる。

「でもでも！　どうせこの後、みんな埃《ほこり》まみれになっちゃうんだし、体育祭シーズンは匂いなんて気にしてられないよね！」

にっこりと笑顔で芽衣は言うものの、大和は『きみが最初に匂いがどうこう言い出したんだろ』と言いたくてたまらない気分であった。

聖良の方はどういう状況を想像したのかわからないが、嫌そうに顔を歪《ゆが》める。

「そうかもね。でも、あんまりキツイのは避けたいかな」

先ほどやらかした大和は何も発言できないまま、そうこうしているうちに応援団の面々が集まる格技棟の一階（普段はダンス部や剣道部が使用している広間）に到着する。

すでに体操服を着た生徒たちが何十人も集まっていて、これが全て応援団の団員だとすれば、すごい規模である。

「あっ、芽衣きたー」

こちらに気づいた明るい容姿の女子生徒が芽衣に手を振っている。

その声に反応して、黒髪をポニーテールにした真面目そうな女子生徒がこちらに近づいてくる。お堅そうな容姿の印象とは裏腹に、優しい笑みを浮かべていた。

「どうも、私は赤組の応援団長を務める三年の柳《やなぎ》です。環さん、白瀬さんを連れてきてくれてありがとう。で、そっちが倉木くんね」

どうやらこの人――柳が、聖良を誘うよう芽衣に頼んだ張本人らしい。てっきり相手が男子だとばかり思っていた大和は、虚を衝《つ》かれた形である。

ちなみに、都立青崎《あおさき》高校の体育祭はクラスごとに色分けされているが、それとは別にA組からD組までが赤組、それ以降は白組と大まかな分類もされる。

それゆえ、大和たちB組の生徒は赤組となり、団内では柳の指揮下に入るわけだ。

「白瀬です」

「えっと、倉木大和です。よろしくお願いします」

二人の挨拶を聞いて、柳は笑みを深める。

「うん、よろしく。それと、白組の応援団長も紹介しておくね。――高尾《たかお》くん、ちょっと来て」

高尾と呼ばれた男子生徒はこちらに振り返るなり、そのままずんずんと近づいてきた。

明るい茶髪の長身で、いかにも陽キャといった容姿をしているが、瑛太と違ってがっちりとした体格である。格闘技でもやっているのかと思うほどだ。

「おう、お前らが例の二年生コンビか。オレは白組の応援団長をやることになった三年の高尾だ。よろしくな！」

高尾から握手を求められて、咄嗟《とっさ》に大和は反応したものの、聖良は「どうも」と会釈するだけだった。

それにしても、『二年生コンビ』とは。わかっていたことだが、すでに大和と聖良の関係は広く知れ渡っているらしい。他学年と接する機会はあまりないため、大和は改めて自分たちの知名度の高さを実感していた。

自己紹介が終わったところで、柳が今後の指示を出す。

「二人とも、赤組だよね。最初は振り付けを覚えるために、みんなの練習を見てもらうことになるけど、入れそうだと思ったら、自由に入ってもらって構わないから」

　それだけ一方的に言ってから、柳はパンパンと手を叩く。

「それじゃあみんな、練習を始めるよ！」

「「「「はい！」」」」

　柳の掛け声に合わせて、団員たちは一斉に返事をする。

　その光景はまさしく体育会系のソレで、早くも大和は入ったことを後悔しそうになっていた。

　応援合戦用の演舞の練習が始まると、太鼓の音に合わせて、団員たちが息を合わせて踊り出す。

　力強く、大きな動きを大勢が真剣な表情で披露する様は、まさに圧巻の一言である。

　一通りの演舞が終わったところで、聖良が大和の肩をつついてくる。

「私はもう覚えたかも。大和はどう？」

「えっ、今のだけでか？」

「うん」

　聖良はさらっと言ってみせるが、これで完璧に踊れようものなら、要領が良いどころではない気がする。

驚いて固まる大和に対し、聖良は「じゃあ、ちょっと見てて」と言って、赤組の団体に加わった。

再び同じ演舞が始まると、驚いたことに、聖良は完璧に踊れているではないか。

それも、動きのしなやかさが他の団員とはケタ違いである。流麗で華麗、表現力といえばいいのか、色気すら感じさせるその動きに、大和のみならず、見学していた白組の生徒たちまでもが目を奪われていた。

演舞が終わったところで、柳が拍手をする。

「ブラボー！　すごいね、白瀬さん！　やっぱりあなたを呼んで正解だったよ！　うん、もう最高！」

ベタ褒めされても聖良は照れるどころか、ドライな表情で「どうも」と返すだけである。

そのまま聖良は大和の方へ来ると、ふっと微笑《ほほえ》んでくる。

「ねぇ、どうだった？　ちゃんと踊れてた？」

先ほどのドライな対応とは打って変わって、嬉々《きき》とした顔を向けてくる聖良を前に、大和は優越感を覚えるのと同時に、周りに対する気まずさを感じた。

「……その、よかったと思う。柳先輩も褒めていた通り、すごかったよ。たった一回見ただけで、ここまで踊れるなんて驚いたぞ」

「歌と一緒で、一連の動作を覚えれば、だいたいは感覚でなんとかなる範囲だったから」

「おー、なるほどな。まさに天才ってやつか」

そこで白組団長の高尾が感心した様子で会話に混ざってくる。けれど、聖良は「どうも」と素っ気なく返すだけであった。

そのせいか微妙な空気になりかけたところで、柳が「それじゃ、次は白組の番だね！みんな、しっかりと熱いところを見せてよ！」と元気よく言う。

そうして今度は白組が演舞を披露し、細かいところを何度か調整していくうちに、下校時間を迎えた。

結局この日、大和は踊りに参加することができず。

解散となった後、着替えを終えてから聖良と合流する。

そこで大和はため息とともに、ぽろっと弱音をこぼした。

「はぁ、正直できる気がしない……」

「なら、これから一緒に練習する？　まだ明るいし、公園とか使えばできると思うよ」

即答で前向きな意見を言われて、大和は自然と笑顔になる。

「ありがとな、白瀬。お願いするよ」

「よし、じゃあ行こ」

そうして、大和の特訓が幕を開けた――。

◇

「おー、またずいぶんと絞られた感じだなー」

翌朝、瑛太が愉快そうに声をかけてきた。

大和の方はといえば、疲れが抜けずに筋肉痛なのもあって、机に突っ伏していた。

「身体《からだ》が……痛くて……」

「まあ、今日の昼はクラス練もないし、聖女さんにじっくり癒《い》やしてもらえよ」

「そうか、昼は自由なんだな」

今日は応援団の昼練も入っていない。ゆえに、久々にゆっくりとランチができるのだと思い、大和の気分が楽になったところで、同じクラスの陽気そうな女子が声をかけてくる。

「あのさ、倉木くん。今日のお昼休みは空けといてね」

彼女はたしか、体育祭実行委員だったはずだ。大和に何か用でもあるのだろうか。

クラスメイトとはいえ、ほとんど話したことがない女子が相手なのもあり、困惑する大和に代わって瑛太が尋ねる。

「倉木になんか用か？」

「今日のお昼に大縄が苦手っぽい人たちを集めて、特訓をしようと思って。ほら、今日って昼練ないし。目指せ百回！　――てなわけで、他にも声をかけないとだから、お昼にグラウンド集合でよろしくねー」

そう言って実行委員の女子は去っていき、大和はがっくりと肩を落とした。

「ご愁傷様だな」

「もう、どうにでもなれって気分だ……」

はぁ、と大きくため息をつくと、瑛太が同情するように肩を叩《たた》いてきた。


昼休み。

大和は昇降口に向かう最中、掲示板の前に大勢の生徒が集まっていることに気づいた。

どうやら中間テストの成績順位表（学年別・上位五十名まで）が貼り出されているらしく、大和は下の順位から順に、自分の名前を探してみる。

（――あった！　二十五位だ！）

今回は平均八十点を超えていたので自信があったのだが、やはり周囲と比べてもなかなかの好成績だったらしい。

そこで一応、上の方の順位も確認したところで目を見張った。

「白瀬が一位って、マジか」

棒立ちしながら、思わず呟《つぶや》いていた。

学年一位は聖良だったのだ。それも二位の芽衣と大きな点差をつけ、満点近くの一位だ。

今までも聖良の成績が良《い》いのは知っていたが、ここまで高い点数を取るのは初めてのことである。

周囲も聖良の話題で持ち切りであり、「聖女さん、あの見た目で頭も良いとか」、「完璧すぎて、もう住む世界が違うよな～」などと口々に褒《ほ》め称《たた》えていた。

――住む世界が違う。

それは、大和も時折思うことである。

もちろん、一緒に過ごす中で聖良を身近に感じるときもある。けれど、いろいろなしがらみがある状況では、どうしてもスペックの差を痛感せずにはいられない。

以前、聖良の姉――礼香《れいか》は、天才は孤独になるものだと言った。

なぜ天才が孤独になるのか、今の大和にはよくわかる。関わっている側は、どうしても自分が劣っている者だと感じてしまうからだ。

そして場合によっては妬み、僻《ひが》む気持ちが生まれ、我慢ができなくなって遠ざけようとするのだ。

「孤独にさせて、たまるかよ」

静かに呟き、拳をぎゅっと握り込む。

大型連休の最終日、大和は決めたのだ。聖良自身から拒絶されない限りは離れないと。

そして、いつの日か並んでも恥ずかしくないような存在になることを。

再度決意を固めて、廊下を歩き出す。

不思議と、身体中から力が湧き出すような気がした。

「くはぁ〜っ」

大きく息を吐き、大和はグラウンドの地面に倒れ込む。

昼休みの最中、ずっと大縄を跳びっぱなしだったのだ。おかげで太ももはパンパン。肺が酸素を求めて悲鳴を上げているようだった。

「それじゃ、これで練習は終わりねー。本番もがんばろー！」

そう言って、体育祭実行委員の女子生徒は去っていく。

集められた総勢五名（全て男子生徒）のうち、大和以外の四名はバテバテになりながら戻っていく。

昨日の疲れも残っていたせいか、大和はまだ動けそうになかった。

「おつかれ」

そんなときにハスキーな声が聞こえたかと思えば、頬にひんやりとしたものが触れる。

視線を横に向けると、制服姿の聖良が立っていた。この位置からだと、スカートの中が見えそうである。

「……どうして、白瀬がここに？」

なんとか視線を逸《そ》らして尋ねると、頬に付いていたスポーツドリンクのペットボトルが胸の上に載せられた。

「暇だったから、あっちの方で大和の練習を見てたんだ。あ、それは差し入れ」

まるで清涼剤のように、聖良の姿を見ているだけで元気が湧いてくる。

呼吸も整ってきたところで大和は上半身を起こし、差し入れのスポドリをがぶ飲みした。

「ふぅ、生き返った……。差し入れ、ありがとな」

「どういたしまして。だいぶ跳べてたじゃん」

「そりゃあ、あれだけ細かく跳び方を指示されればな」

「ちょっと暑苦しい感じだったよね」

「だいぶな」

「あはは」

無邪気に笑う聖良の笑顔が眩《まぶ》しくて、見ているだけで癒やされる。

それに、先ほどまで練習の教官役を務めていた体育祭実行委員の女子が鬼のような厳しさだったので、こうして優しくされると、それだけで涙が出そうになった。

「なんか、白瀬とこうして話すのは久々な気がするな」

「いや、昨日も特訓したばっかじゃん」

「はは、そうだったな」

「変なの。それに嬉《うれ》しそうだし」

「そうか？　まあ、充実しているとは言えるかもしれないな」

「ふーん、そうなんだ」

体育祭のために必死に取り組んだりするのは初めてで、忙しい日々に充実感を覚えているのは間違いない。

ただ、今一番嬉しいのは、わざわざ聖良の方から会いにきてくれたことである。

とはいえ、そんなことは口に出せず。

代わりに、いずれ言おうと思っていたことを告げる。

「そういえば、テストの順位表を見たよ。——白瀬、一位だったな！　すごいよ、おめでとう」

「へー、そっか。大和に勉強を教えてたから、自分の勉強にもなったのかも」

特に喜ぶわけでもなく、あっさりとしている聖良。

謙虚、というのとは違うだろう。おそらく、本当にそれほど気にしていないのだ。

呆《あき》れるような、それでいて感心するような気持ちで大和が苦笑していると、聖良が手を差し出してくる。

「ほら、そろそろ教室に戻ろ。多分、もう予鈴が鳴るし」

「ああ」

その手を大和が取ろうとしたところで、強めの突風が吹く。

聖良のスカートは勢いよく翻《ひるがえ》り、下着がちらっと見えそうになったところで——

「——ッ」

その刹那、聖良がスカートの裾を両手で押さえた。凄《すさ》まじい反応速度である。

てっきり以前のように、下着が見えようとお構いなしの反応をすると思っていたので、大和は逆に驚いていた。

「見えた？」

淡々と尋ねてくる聖良の問いに、大和は首を左右に振って応じる。

「そっか、よかった。結構危なかったよね」

そう言って、聖良が再び手を差し出してくる。

「なんか、他人事《ひとごと》みたいなんだよな」

その手を取って立ち上がり、大和はぼやくように言う。

まるで聖良は大和に気を遣って、スカートを押さえたように思えてならなかったからだ。

すると、聖良は「んー」と唸《うな》ったかと思えば、

「私なりに、いろいろ考えてるつもりだよ」

「たとえば？」

「もっと大和のことを、大事にしようとか」

思ったよりも可愛《かわい》らしい答えが返ってきた。その結果が、スカートを押さえることに繋《つな》がったというわけだ。

「気持ちは嬉しいけど、俺云々《うんぬん》は関係なく、スカートは注意してもらいたいところだけどな」

「元々、大和以外の前ではもっと気を付けてるってば。露出癖とかないし」

珍しくご立腹の様子の聖良。しかし、大和は頭を抱えたい気分になっていた。

「いや、俺の前でも気を付けろよ……」

「それはほら、努力してる最中だし」

「努力、ね……まあ、そういうことならわかったよ」

つまるところ、自分が男らしくないせいでもあるのだと大和は考えて、落胆ぎみに納得した。

そこで予鈴が鳴り、二人して歩き出す。

隣を歩く聖良の横顔を見て、大和は自然と微笑《ほほえ》んだ。

(『大事にしよう』、か。俺ももっと、白瀬のことを大事にしないとな)

心の中でだけ、大和は決意を新たにするのだった。

◇

放課後。

芽衣がクラスの面々に応援団の練習時間が足りていないことを説明したおかげで、応援団のメンバーは放課後のクラス練習を免除されることになった。

「よし、今日こそは演舞に混ざるぞ」

格技棟へ向かう最中、昨日の特訓の成果を見せようと、大和は張り切っていた。

すると、芽衣は楽しそうに笑う。

「倉木くん、午後の授業は爆睡してたもんね」

「バレてたか……。ごめん、環さんはクラス委員だから、そういうのは見過ごせないよな」

「ううん、学校行事を頑張るのも大切だし。わたしはその辺り、割と緩い委員なので」

えっへん、と立派な胸を張る芽衣。つい視線が引き寄せられる。

「へー」

そこで聖良が反応を示したことで、大和はびくっと身体《からだ》を強張《こわば》らせる。

てっきり芽衣の胸元を見ていたことに気づかれたのかと焦《あせ》ったが、そうではないらしい。

「環さんって、面白いね。意外と不真面目なんだ」

ふっと微笑んで聖良が言うものだから、芽衣は口をあんぐりと開けて固まってしまう。

「あれ？　どうしたんだろ」

「いや、今のは白瀬に原因があるな」

「え？　私？」

腑《ふ》に落ちない様子の聖良。

芽衣はといえば、表情を変えずにスマホをいじり始め。

――ブブブッ。

そこで大和のスマホがメッセの着信を報《しら》せた。

確認すると、差出人は芽衣で。

『どうしてわたし、今の聖女さんを動画で撮っておかなかったんだろう……尊すぎて天に召されそうです』

文面を見て呆れた大和は、聖良に向かって言う。

「白瀬、もう一回環さんに――もごごっ⁉」

「やめてやめて！　飛んじゃうから！　ほんとに天に召されちゃうから！」

もはや突進と呼べる勢いで突っ込んできた芽衣が大和の口を全力で塞ぎ、呼吸困難に陥るほど圧迫してくる。

「ぷはぁっ⁉　死ぬかと思った……」

ようやく解放された頃には、大和の顔色は真っ青になっていて。危うく大和の方が天に召されるところであった。

「二人って、仲良いよね」

そんな状況を見て、聖良が淡々と口にする。

普段通りのポーカーフェイスで、その表情からは何を考えているのか読み取れない。

どう答えるべきか大和が困惑していると、芽衣が笑顔になって言う。

「うん、仲良しだよ。倉木くん、優しいし」

そんな芽衣の言葉を受けて、聖良は再び微笑む。

「そうだね」

どこか嬉しそうに聖良は言うと、そのまま先を歩き出す。

芽衣はというと、幸せの絶頂でも迎えたかのように和やかな顔で立ち尽くしていた。おそらくは、聖良の笑顔にやられたのだろう。

「……環さん、ありがとな。俺も環さんと仲良くなれて、嬉しいよ」

大和にしては珍しく、素直に思いを伝えた。

真正面から口にするのは少し気恥ずかしかったが、それでもちゃんと伝えておきたかったのだ。

その声で芽衣は我に返ったらしく、両手でピースを作ってみせる。

「えへへ、わたしたちってウィンウィンな関係だよね！」

芽衣は成績優秀なしっかり者だが、このときばかりは妙に子供っぽく見えた。

「そうだな。——さ、白瀬に置いていかれないうちに行こう」

「うん！」

そうして三人が格技棟の一階に着くと、すでにほとんどの団員が集合していた。

それから間もなくして全員が揃《そろ》い、団長の指示の下で練習が始まる。

今回は初めから大和も演舞に参加させてもらうことになった。立ち位置は端の後方だが、皆と一緒に踊るというだけで緊張してくる。

太鼓の音が鳴り、それと同時に赤組の団員たちが踊り出す。

練習通りに大和は踊ろうとするが、周りの動きに付いていこうと意識したことで、自分のリズムが乱れてしまう。

「ストップ」

柳が制止した後、何人かに注意をしていく。

「――それと倉木くん、他の人の動きにつられないようにね」

「はい、すみません」

的確な注意を受けたことで、大和は自分のペースを取り戻せるような気がした。

それからもう一度、今度は最後まで通して演舞が行われる。

聖良の位置は中心付近で、団長に次ぐ花形ともいえるポジションである。後方の大和からも、その華麗な舞はしっかりと見えた。

そうして最後までの通しが終わり、休憩に入る。

柳が大和と聖良のもとへやってきたかと思えば、大和に対して笑顔でグーサインを向けてきた。

「すごいね、倉木くん。たった一日で覚えてきたじゃない」

「あ、どうも。友達が特訓に付き合ってくれたんで。ひたすら反復練習でしたけど」

「そういうのいいね、その友達は大切にしなよ〜。――それと、白瀬さんも相変わらずよかったよ。あとはもう少し声を出してくれると最高かな」

「わかりました」

相変わらず聖良の方は素っ気ない対応だ。これにはさすがの柳も少し困ったように微笑んでから、手を振って去っていった。

「柳団長、困ってたぞ」

「そんなに小さいかな？」

「いや、声は俺も他人のことは言えないって。ただ、もう少しくらい愛想《あいそ》を良くしてもいいのかもって思うよ」

「あー、そっちか。なるべく頑張るね」

――自分が話したいと思った相手としか話さない。

それが聖良の基本スタンスであることは、大和も理解している。

ただ、元々ある程度の空気を読んで過ごしてきた大和からすれば、こういった状況でも聖良が自身のスタンスを貫くところを見るのは、少し気まずく感じてしまうわけで。

と、そこで何人かの女子生徒たちが近づいてきた。同じ赤組の団員で、中には芽衣の姿もある。

「ねえねえ、聖女さん。このあと赤組で女子会をするんだけどさ、よかったら来ない？」

その中で、ひときわ派手な容姿をしたギャル風の女子生徒が声をかけてくる。男子から人気があるという他クラスの女子だ。女子会ということは、大和の出る幕はないだろう。

一瞬だけ聖良は大和の方を見てから、笑みを浮かべて答える。

「ごめん、せっかくだけどパス。今日はこのあと、予定があって」

「あ～、そうなんだ。わかった、また今度誘うね」

「うん、ありがと」

ギャル風の女子は離れていく最中、「いや、てか生聖女の笑顔やばすぎ。うち女子相手にドキッとしちゃったよ～！」と興奮ぎみに話していた。それに対し、周りの女子（芽衣も含む）は一斉に「わかる～！」と同調していた。

そこで芽衣が振り返ったかと思えば、こちらに向かって両手を合わせて『ごめんね』とジェスチャーを送ってきた。

「今回は上手《うま》くいったんじゃないか？」

微妙な空気にならなかったことが嬉《うれ》しくて、大和はついはしゃぎ気味に言う。

すると、聖良はどこか浮かない表情で「かもね」と答えた。

何か気に障《さわ》ったのかと確かめようとしたところで、柳が休憩時間の終了を告げた。


それから演舞を一回通して、この日の練習は終わりとなった。

更衣室に大和が入ろうとしたところで、聖良がつんつんと肩をつついてくる。

「どうかしたか？」

「日曜って空いてる？」

「え、ああ、空いてるけど」

「息抜きに付き合ってほしいんだけど、どうかな？」

先ほど彼女が浮かない表情をしていたのは、あまり遊べていないことが原因だったのかと、大和は勝手に解釈した。

ちょうど大和の方も息抜きがしたいところだったので、すぐさま頷《うなず》いてみせる。

「よかった。じゃ、またメッセを送るね」

そう言って聖良が去った後には、甘い残り香が漂っていて。

バクンバクンと、大和の心臓が大きく高鳴り出していた。

(早くこい、日曜日……!)

そんな風に思いながら、大和は急いで帰り支度を始めた。

◇

日曜の正午。

気持ちの良い晴天が広がる中、待ち合わせ場所である都心部の駅前に、大和は集合時間よりも三十分早く到着していた。

今日はネイビーカラーのシャツにベージュのチノパンを合わせて、大和なりのオシャレをしてきたつもりである。ちゃんと、ヘアワックスを使って髪もセット済みだ。

休日だからか行き交う人が多く、そんな中で待つこと二十分。

急に辺りがざわつき始めたかと思えば、すぐにその理由がわかった。

周囲の視線を独り占めにするのは、夏らしいコーディネートに身を包んだ聖良であった。

サマーオレンジのノースリーブに、ゆったりとしたベージュのワイドパンツを合わせ、髪をおさげに結ったその姿は、瑞々《みずみず》しくて可愛《かわい》らしく、それでいて品がある。

低めのヒールのサンダルを鳴らして、颯爽《さっそう》と歩く彼女の姿に大和が見惚《みと》れていると、目の前に来たところできょとんとされた。

「おまたせ。なんか眠そう？」

「いや、その、全然眠くはないですけど……」

「ふふ、なんで敬語？」

楽しそうに微笑《ほほえ》む夏の聖女を前にして、大和はそのまま昇天しそうになっていた。

「行こ」

そう言って、聖良が手を引いてくる。

ひんやりとした彼女の指先は、身体《からだ》が火照《ほて》った大和にとっては心地よく思えて、自然と握り返す。

人混みの中を縫うように進み、大通りの交差点を渡ってもなお歩き続ける。

今日は少しでも節約をするため、互いに昼食を済ませた上での集合だ。また例のごとく行き先は聞かされていないが、どこか行きたいところがあるのだろうか。

「なあ、行き先って決まってるのか？」

「うん」

「どこだ？」

「そういうの多いよな……」

こうして手を繋《つな》いで、というより手を引かれて歩いていると、まるでデートをしているかのようだ。実際、他人から見ればデート以外の何物でもないわけだが。

（というか、また俺は先導されてるし……）

すっかりこの構図が板についてきている気がして、大和は少し情けなくなった。

そうして繁華街のど真ん中に来たところで、唐突に聖良が立ち止まる。

「お、どうした？」

「ちょっと待ってね」

おもむろにスマホを取り出す聖良。

……これもお決まりだが、どうやら道に迷ったようだ。

聖良がスマホをいじる際、繋いでいた手が離れたことが大和は妙に寂しく思えて、離した左手を無意味に開いては閉じたりしていた。

改めて聖良の恰好《かっこう》を見ると、ノースリーブゆえに肩回りの露出が多く、見ているだけでそわそわした気持ちになってくる。

「よし、こっち」

どうやら目的地へのルート確認が済んだようだ。再び聖良は大和の手を引いて歩き始める。

「場所さえ言ってくれれば、俺が案内するんだけどな」

「平気だって。そんなに変わんないよ」

「はいはい」

そうして到着したのは、数年前に開館した大きな映画館だった。

「えっと、映画を観《み》るのか？」

「うん。何を観るかはまだ決めてないから、一緒に決めよ」

「わかった」

館内に入ると、やはり休日だからか多くの人で賑《にぎ》わっていた。人気シリーズの映画が上映されているのかもしれない。

「さむっ……冷房効きすぎ」

言葉通り、聖良が寒そうに肩をさすっている。確かに、六月にしては冷房が効きすぎている。

「上に着るものは持ってきてないのか？」

「忘れた。朝は持っていくつもりだったんだけど」

「あるあるだな……。俺のシャツでよければ貸すけど、どうする？」

「それだと大和が寒くない？」

「中はTシャツだし、俺は平気だよ」

「じゃあ、もうちょっと我慢できなくなったら借りるね」

そんなやりとりをしてから、上映作品のスケジュール表を眺める。

「さて、どれを観よっか」

「うーん……数が多いな」

現在、上映しているのは二十作品。ジャンルで分けるとアクションが十作、ラブストーリーが五作、残り五作がミステリーやSFなどの他ジャンルであった。

「白瀬は普段、どんな映画を観るんだ？　やっぱりアクションとか？」

「私って、そんな印象？　普通にハートフルな映画も観るけど」

「意外だな……」

「そういう大和は？」

「俺は……そもそも映画自体、あんまり観ないな。好みのジャンルも特にない。強いて言うなら、ロードショーでやってるやつをなんとなく観たりするかな」

「それテレビじゃん」

「いや、映画だろ」

互いに主張をぶつけても埒《らち》が明かないので、ここで大和が自分の希望を口にする。

「ちなみに、俺はアクション映画──『男たちの剣戟《けんげき》』ってやつに一票かな。まず内容が面白そうだし、洋画よりも邦画の方が俺には合ってる気がするからさ」

「へー、確かに面白そう。でも、私は『この想《おも》いは君のために』が観たいかな」

　聖良が口にしたその作品はアニメ映画で、ＳＦ要素の入ったラブストーリーだった。あまりにも意外なそのチョイスに、大和はどう返答していいものかと困ってしまう。

　休日に男女二人で恋愛モノの映画を観る。──それはまさしく、デートではないか。

　男女が一緒に恋愛映画を観たら、良い雰《ふん》囲気になるという話は大和も知っている。それを承知の上で聖良は恋愛映画をチョイスしたのかどうか、大和は気になった。

「どうしよっか。じゃんけんにする？」

　返答に悩む大和をよそに、聖良の方は呑気《のんき》な提案をしてくる。

　そこで大和は、思い切って尋ねてみることにした。

「……白瀬は、どうしてその映画を観たいと思ったんだ？」

「キャラクターが可愛いなって思ったのと、あとは馬鹿にされたままなのが癪《しゃく》だからかな」

白瀬聖良を馬鹿にする。――そんなことができる相手など、大和はたった一人しか知らない。

「お姉さんになんか言われたのか？」

「この前、ちょっとね。だからこれを観て、見返してやろうかと思って」

「動機が不純だな……」

どんな経緯で聖良は馬鹿にされたのか、知りたいような知りたくないような……ひとまず大和は、これ以上の追及をしないことに決めた。

「けど、そういうことならわかった。今日はそっちの映画を観よう」

「いいの？」

「ああ。俺もこういうのは普段観ないし、単純に気になってきたからさ」

「ありがと」

というわけで、ようやく観る映画が決まった二人は券売機でチケットを購入し、フードコーナーでポップコーンとドリンクを買う。上映開始は十五分後とのことで、早めに席に着いた。

チケットを買うのが上映時間の直前だったこともあり、席は後方だが、一応は中央付近である。

いざ始まるとなると、大和はとても楽しみになっていた。恋愛映画を男子一人で観るのはハードルが高いし、これは貴重な経験でもあるのだ。

「あのさ、シャツ借りていい？」

右隣に座る聖良が両肩をさすりながら言う。

「ああ、わかった」

急いでシャツを脱いで、聖良に手渡す。

聖良はすぐさま袖を通すと、ホッとした様子で微笑んだ。

「やっぱ、ノースリーブはまだ早かったみたい」

「次は上に羽織るものを持ってくればいいんじゃないか？　……その、せっかく似合うんだし」

「うん、そうする。次はカーディガンを持ってくるね」

「お、おう」

自分で言った『似合う』発言に大和は恥ずかしくなり、さらにはスルーされてしまったことも、余計に恥ずかしさを増長させていたのだが。

そこで聖良がシャツを脱ごうとしていることに気づく。

「って、どうして脱ごうとしてるんだ？」

「せっかく大和が似合うって言ってくれたし、この服を見せないのはもったいないかなと思って」

「な、なるほど……。でもこれから映画を観るんだし、上映中くらいは着ていてくれよ」

「それもそっか」

納得したらしく、聖良はあっさりと着直す。

(あ～、なんだよ、嬉《うれ》しいなあ……)

自分の言葉を聖良がしっかりと受け取ってくれている気がして、気持ちを大切にされている気がして、大和は胸の辺りがとても熱くなって、この場で悶《もだ》えそうになっていた。

けれど、なんとか気持ちを落ち着けて、気を紛らわすようにポップコーンを口に運ぶ。

「それって塩味?」

「ああ」

「私キャラメルだから、ちょっと交換しようよ」

「さてはジュースを飲んで、甘さがくどくなったんだろ」

「まあね」

「だからキャラメル味はやめとけって言ったのに」

「貰《もら》うからね」

大和が口うるさくしているうちに、聖良の手が伸びてきて、大和のポップコーンを鷲掴《わしづか》みにしていく。

「あ、こら、取り過ぎだって」

そのタイミングで開演のブザーが鳴った。

場内が暗くなったことで、大和は渋々張り合うのをやめて、視線をスクリーンに向ける。

そうして映画、『この想いは君のために』の上映が開始された――。


上映開始から一時間。

予想していたよりも恋愛要素や青春要素が多く、SF要素はサブ的な役割のようだった。

すでに物語は終盤に差し掛かろうとしているが、甘酸《あまず》っぱいシーンが何度も流れ、おかげで大和は言い知れぬ気まずさを覚えていた。

そんな緊張感のせいか、急に喉の渇きを覚えた。自分のドリンクを取ろうと大和が手を伸ばしたところで、聖良の手とぶつかる。

「あ、ごめ――」

謝ろうと隣に目を向けたところで、大和は口をつぐむ。

聖良の視線は真《ま》っ直《す》ぐスクリーンに向かったまま、大和と手が触れようとも、気を散らすことはない。

いまいち集中できていなかった大和とは違い、聖良の方はしっかりと映画に没入しているようだった。

邪魔をしないよう、大和は静かにドリンクを手にしたところである問題に気づく。

ほとんど飲んでいないはずのドリンク（メロンソーダ）が、ほぼ空になっていたのだ。

これはもしやと思い、自身のドリンクホルダーを注視していると――おもむろに聖良が手を伸ばしたではないか。

やはり、聖良がホルダーの位置を間違えて、大和のドリンクを飲んでいたらしい。

初めの方に一回、中盤の辺りでもう一回大和はドリンクを口にしているので、間接キスをしたのはほぼ間違いないだろう。

こうして気づかぬうちに、二度目の間接キスを経験したわけだが。気づいてしまった大和はこのままドリンクを飲んでもいいものか、迷ってしまう。

「あ」

唐突に聖良が呟《つぶや》いたことで、大和は何事かと視線を上げる。

すると、スクリーンに映る主人公とヒロインがキスをしたところだった。

ちらと横目に隣を見ると、聖良はぼんやりとした表情で見入っていた。

どうやらクライマックスの大事なシーンだったようで、間もなくして映画は終了する。

エンドロールが流れ始めたところで、ようやく聖良がこちらを向いてきた。

「面白かったね」

囁《ささや》くように小さな声で、聖良が口にする。

正直、大和はあまり映画に集中できていなかったが、とりあえず頷《うなず》いておいた。

上映が終了し、場内が明るくなったところで、聖良が「あ」とまた声をもらす。

「やば、大和のジュースを飲んでたみたい。ごめん。私のメロンソーダが余ってるから、よかったら飲んで」

そう言って、差し出してきたメロンソーダはほぼ満タンで残っていた。

「ぷっ……最初から間違えてたんだな。どっちもメロンソーダだし、仕方ないけどさ」

「正直、映画が始まった辺りから、どっちに自分の飲み物を置いたのかわかんなくなってたんだよね」

「いや、普通に聞いてくれよ」

「大和も映画に集中してただろうし、邪魔するのも悪いかなと思って」

そんな風に気を遣ってくれたことが嬉しくて、大和は頬が緩みそうになる。

「別にいいけどさ、飲み物くらい。——問題はその残りだけど、無理に飲み切る必要はないし、捨ててもいいんじゃないか？」

「ううん、もったいないから飲も。大和が無理なら私が飲むよ」

「あー、わかった！　俺が飲むから！」

ドリンクはＭサイズとはいえ、ほぼ二人ぶんを飲み切るのは辛《つら》いだろう。

というわけで、大和は大義名分の下、聖良のメロンソーダを飲み切った。

「……ふぅ」

「そういえば、キスしてたね」

「ぶふっ⁉」

大和にとってはピンポイントのタイミングでその話題を出されたものだから、つい吹き出してしまった。

「え、えっと、これは、不可抗力というか……」

「でも、世界を救うためにキスをするっていうのは、よくわかんなかった」

「あ、そっちの話か。まあとりあえず、その辺りの話は映画館を出てからにしようか。ネタバレになるような話をするなら、声のボリュームを落とすんだぞ」

「わかった」

相変わらず館内はすごい人だかりで、二人ははぐれないようにゆっくりと外に向かった。

映画館を出ても、まだ陽は高く昇ったままだった。

「もうほんとに、夏なんだな」

「そもそも、まだ三時だけどね。——あ、シャツありがと」

返されたシャツに袖を通すと、とんでもなく良《い》い匂いが全身を包み込んだ。

うっかりその匂いを堪能《たんのう》しそうになったが、慌てて首を左右に振って煩悩《ぼんのう》を振り払う。

「さて、これからどうするか」

「ご飯食べない？」

「お腹《なか》が空いたのか？」

「うん。お昼、食べてないから」

「お互い済ませてこようって話だったはずだけど……。まあ、そういうことならどっかに入るか」

そうして今日も聖良の希望でラーメン屋——かと思いきや、今回はたまたま目に入った油そば専門店に入ることになった。

広々とした店内の二人席に座ると、注文を待っている間に聖良がそわそわとした様子で口を開く。

「さっきの映画、大和的にはどうだった?」

「……正直、あんまり内容が入ってこなかった」

「そっかー、結構面白いと思ったんだけどな」

「白瀬は楽しめたみたいで良かったよ」

「うん。SFのところはよくわからなかったけど、人付き合いが大変だってことはよくわかったし。あ、恋人の方のお付き合いも含めてね」

「それには同意かな……。まあ、作中のキャラクターは世界の存亡が懸かっていたんだから、大変なのは当然だろうけど」

そんな話をしているうちに、注文していた油そばが届いた。

「お、きたきた。——じゃ、いただきます」

「俺も、いただきます」

シンプルな醬油《しょうゆ》ベースの油そばで、よく混ぜてから口に運ぶと、濃厚な旨味《うまみ》とほのかな甘さが食欲を刺激してくる。良い意味でビジュアル通りの味であり、それほどお腹が空いていないはずの大和も、箸が止まらないほどの美味《うま》さであった。

麺と一緒にチャーシューを食べると、より油の旨味が際立《きわだ》ち、煮卵と食べるとまろやかなコクが口の中いっぱいに広がる。

まさに王道。下手な小細工を使わず、ストレートに美味い油そばである。

「美味いな……。これならぺろりと完食できそうだ」

「味は濃いのに、食べやすいよね。人気があるのも納得」

食べやすいといえば、店内には女性客の姿もちらほらと見える。ネットの口コミを調べてみると、やはり好評のようだった。

と、そこでニンニクの小瓶が目に入った。ここも無料で使用できるらしい。

「なあ、ここもニンニクがあるみたいだけど、使わなくていいのか？」

「使わないよ。……大和って、たまに意地悪するよね」

最初に二人でラーメン屋に入ったとき以来、聖良がニンニクを使ったところを見たことがない。あのニンニク入りラーメンを美少女がガツガツと食べる光景は刺激があって、大和は好きだったのだが……。それを言うと、拗《す》ねられてしまいそうなのでやめておく。

「悪かったよ。水を注いでやるから、機嫌を直してくれ」

「まあ、べつにいいけど」

わざわざコップを手にして差し出してくるので、丁寧に水を注いでやる。

すると、聖良は機嫌を直した様子で言う。

「でもなんか、大和と遊んだのって久々な気がする」

「最近はテストがあって、それが終わってもすぐに体育祭期間に入ったからな。まあそうは言っても、プールに入ったりはしたけど」

「体育祭かー、早く終わんないかなー」

これまた直球で、ぼやくように聖良が口にする。

「そんなに嫌か？」

「うん、いろいろと面倒だし。クラスとか、応援団とか」

「それは俺のせいでもあるよな……なんかごめん」

「ううん、大和と参加できるのは楽しいけど、他の人と関わるのが面倒ってだけ」

さらりと言ってみせ、照れる素振りすら見せない聖良。

だいぶ嬉《うれ》しいことを聖良に言われて、大和の方が照れてしまう。

その気持ちが顔に出ないよう、ごまかすつもりで大和は返答する。

「ま、まあ、みんな悪い人じゃなさそうだし、それなりに接していくしかないよな」

「そうだね。──ごちそうさま」

またもや聖良に先を越されてしまい、大和は慌てて残りの麺をかき込む。

「俺も、ごちそうさま」

「ふふ、だからそんなに急がなくてもいいのに」

「これは俺の意地の問題だからな」

「へー」

「雑に流された……」

「あはは、ごめんってば」

二人とも食べ終わったので、会計を済ませて外に出た。

まだ外は明るかったが、気温は少し下がっているような気がした。

「ねえ、服とか見ない？」

「いいけど、もう手持ちはあんまりないぞ」

「平気だよ、買う気はないし。それに安いよ、多分」

「はあ……？」

ウィンドウショッピングをするということだろうか。安いというのも気になる。

腹ごしらえを済ませた聖良は活力に溢《あふ》れているようで、早足になって先を行く。

「なあ、行き先は大丈夫なのか」

「うん、地図を見てるから平気」

その後、何度か道に迷いながら、ようやく目的地と思《おぼ》しき古着屋の前に着いた。

「着いたー」

「古着が見たかったのか」

「うん。まだそんなに夏服は買えてないから」

確かに古着であれば、普通のアパレルショップで買うよりも安価で済むだろう。そして気分的にも、ウィンドウショッピングがしやすい。

店内に入るには、どうやら地下に続く階段を利用する必要があるようで、さながら秘密基地に入るような気分を味わえた。

中は広々としていて、オレンジ色の照明を使っているからか、どこかレトロな雰囲気が漂っている。客の数はお世辞にも多いとは言えないが、それがかえって居心地の良さに繋《つな》がっている気がした。

「ほら、見て見て」

呼ばれて視線を向けると、つばの広い帽子を被《かぶ》って真っ黒なサングラスをかけた聖良の姿があった。これが案外似合ってしまっているのが、聖良のすごいところである。

「すごい恰好《かっこう》だな。似合ってはいるけど」

「大和もお揃《そろ》いにしようよ」

「お、俺はいいよ」

そんな大和の抵抗にも構わず、聖良が同系統の帽子を被せてくる。

それからサングラスまで手渡してきて、仕方がないのでかけてみると、それを見た聖良が笑い出す。

「あはは、めっちゃ似合ってる」

「絶対馬鹿にしてるだろ……てか、笑い過ぎだ」

「ねぇ、そこに鏡があるから並ぼうよ」

帽子を脱ごうとしたところで大和は手を引かれて、縦長の鏡の前に引っ張り出される。

異色の二人が並ぶ光景はある意味壮観で、思わず大和も笑ってしまう。

「はは、これはやばいな」

「でしょ。面白いよね」

パシャッと、聖良がスマホで撮影した。

撮影目的で大和もスマホを取り出すと、「いいよ、あとで送るから」と聖良が言う。

（なんか、まるでカップルみたいだな……）

このやりとりが全て、それらしいと思ったのだ。

けれど、すぐさまその考えを頭の隅に追いやる。

「次はこれを着てよ」

聖良はといえば、新たな服をいくつも用意していて。

これは着せ替え人形に見立てて遊ばれているだけなのだと、大和は考えを改めるのだった。

そんなことが一時間ほど続き、ようやく店を出た頃には日が傾いていた。

結局なにも買わなかったが、それでも聖良は満足そうで、大和の方はげっそりとしていた。

そのまま自然な流れで、駅の方へと向かうことになる。

「息抜きにはなったか？」

それとなく、大和は尋ねてみた。

息抜きをしたいから付き合ってほしい、と聖良に誘われたのが始まりだったからだ。

隣を歩く聖良はふっと微笑《ほほえ》んで、

「うん、モヤモヤしてたのがすっきりした感じ。今日は付き合ってくれてありがとね」

「こちらこそ、すごく楽しかったよ」

「ならよかった」

聖良はいつも素直で、だから大和も普段よりはずっと正直でいられる。

彼女と過ごしているときだけは、自分のことが少し好きになれるような気がした。

「駅、着いたね」

「今日はもう帰るか」

「だね、そうしよっか」

お互いに同意したことで、改札を抜けて電車に乗る。

最寄り駅に着いたところで、大和は名残惜しさを感じていたが、

「じゃ、また学校で」

淡々と別れの挨拶を告げられて、大和は気持ちを切り替える。

「ああ、また明日な」

小さく手を振ってから、聖良は去っていく。

その背が見えなくなるまで見送って、大和も歩き出した。

と、そこでスマホがメッセの着信を報《しら》せる。

確認すると、聖良から古着屋で撮ったペアルックの画像が送られてきていた。

「やっぱり俺、全然似合ってないな」

そう独り言をこぼし、自然と笑みを浮かべながら帰路に就いた。

六話　予行演習と前夜祭

週が明けて数日が経《た》ち。

いよいよ体育祭の前日となったことで、校内の活気はピークに達しようとしていた。

この日は、体育祭の予行演習と前夜祭が行われる。

すでにグラウンドには体育祭用の会場が設置されており、午後の授業の時間を使って、本番さながらの予行演習が実施されるのだ。

昼休みになると、実行委員の生徒たちが慌ただしく動き出す。それとは別に、クラスメイトたちも最後のクラス練習に力を注ぐべく燃えていた。

「よーし！　今日の昼練は全員参加だからな！　強制だからな！」

瑛太《えいた》も全力で張り切っており、クラスメイトたちもその熱さに煽《あお》られる形で盛り上がっていた。

そして大和《やまと》もまた、休日を有意義に過ごしたことで活力が張り、やる気に満ち溢《みなぎ》れていたのだが。

「倉木《くらき》くん、ちょっといい？」

芽衣《めい》が深刻な表情をして声をかけてきたことで、大和の浮かれ気分は吹き飛んだ。

「えっ、どうかしたのか？」

「あのね、えっと……」

芽衣が耳元に唇を寄せてきて、

「昼練が終わった後、少し時間をください。どうしても話したいことがあるから」

小声でそう言われて、大和は目を丸くしながら頷《うなず》いてみせた。

すると、芽衣はホッとしたように微笑んでから、「じゃあ、終わったら体育館の裏で」

と言って、ぱたぱたと走り去っていった。

大和はぽつんと教室に立ち尽くしながら、しばらくぼんやりと呆《ほう》けてしまう。

これは、『呼び出し』というやつをされたのではないだろうか。

体育祭などの行事シーズンになると、なぜだか新規のカップルが増えるものだ。

それはきっとその場の雰囲気だとか、そういう目に見えないものが影響しているのだろうが、自分には縁がないものだとばかり大和は思っていた。

だがこれは、きっと――

（――白瀬《しらせ》関連の用件か！）

きっと芽衣のことだからそうに違いないと、大和は決めつけたのだった。

それからすぐに体操服に着替えて、最後の昼練へと向かう。

この後のことで気が気じゃなかった大和は、活気づく周囲とは違って、うわの空で大縄を跳び続けた。


「大和、お昼を食べに行こ」

昼練が終わるなり、聖良《せいら》が声をかけてくる。

昼休みの残り時間はそれほどないが、ご飯を食べる余裕くらいはある。

けれど、今日の大和には先客がいるわけで。

「悪い、ちょっと用があって。今日は一人で食べてくれ」

「わかった」

せっかくの誘いを断ったことに大和は胸を痛めながら、芽衣との待ち合わせ場所である体育館裏へと向かう。

すると、すでに芽衣の姿があった。やはりというか、体操服姿だと胸の辺りの主張がすごい。

「ごめん、待たせたか」

「ううん。──って、さっき練習が終わったばっかりでしょ」

「はは、それもそうか」

ごくり、と互いに生唾を飲む。

お互いに平静を装《よそお》っているが、緊張感がピリピリと空気を伝う。

「あのね」

間もなくして、芽衣が口火を切った。

何やらモジモジとしていて、傍《はた》から見れば愛の告白をしようとしている乙女のようだ。

いじらしいその姿を見て、大和の頭にも一瞬だけそういったシチュエーションがよぎったほどである。

ごくり、と再び大和は生唾を飲む。なんだかとてもドキドキしてきた。

「実は……」

覚悟を決めたらしい芽衣は、頬を赤く染めながら口を開く。

「──告白、されるみたいなの！　聖女さんが！」

溜《た》めに溜めて、芽衣が精一杯、口に出したのはそんな言葉だった。

これは実は、大和がある程度予想していた内容である。

体育祭シーズンで盛った輩《やから》が聖良に告白するというのは、去年もあったことだからだ。

とはいえ、実際に耳にすると、やはり動揺してしまう。

去年とは違い、今年は聖良が無関係の相手ではない。万が一ということも考えると、とても平常心ではいられなかった。

「へ、へぇ、そうなのか。やっぱり白瀬はモテるんだなあ、ははは……」

目を泳がせながら大和が答えると、芽衣が両手を握ってくる。

「で、でも、たぶん平気だよ！　今までだって聖女さんは、誰に告白されたって断ってきたし！　……って、これだと他人の不幸を喜んでるみたいで、嫌な奴《やつ》だと思われるかもしれないけど」

どうしてだか、芽衣はとても必死に見える。

「どうして環《たまき》さんは、それを俺に教えてくれたんだ？」

「告白のことは今日、人づてに聞いたんだけど、これでもし倉木くんと聖女さんが仲良しでいられなくなっちゃったらどうしようとか考えたら、なんかモヤモヤしちゃって……それで、とにかく倉木くんに相談しなきゃと思ったの」

「なるほどな……」

恋人ができれば、異性の友人と遊ぶことができなくなるというケースはよく耳にする。相手次第では、誰だってそうなる可能性があるわけだ。

ゆえに、芽衣は大和たちの仲を心配してくれたのだろう。その気持ちが、大和は素直に嬉《うれ》しかった。

「ありがとう、環さん。俺もどうすればいいのかなんてわからないけど、環さんが同志でよかったって、心の底から思うよ」

「倉木くん……」

芽衣は瞳をうるうるとさせ始めた。案外、涙もろいタイプなのかもしれない。

「正直、俺も白瀬が誰かと付き合うのは面白くないし、いろいろと考えてみようと思う。何ができるのか、相変わらず見当も付かないけどさ」

「……倉木くんは、聖女さんと付き合うとかは考えたことないの？」

俯《うつむ》きぎみになって芽衣が尋ねてくる。

おそらく、芽衣がずっと気になっていたことだろう。初めてまともに会話をしたときには尋ねてこなかったが、今なら聞いてくる理由もわかる。

取られるのが嫌ならば、自分が付き合えばいい——つまりは、そう言いたいのだ。

数秒ほど大和は考えたのち、静かに口を開く。

「考えたことがないと言えば嘘《うそ》になるかな。でも俺は、白瀬と一緒にいられればそれで十分だから」

「倉木くんは、自分のことが好きじゃないんだね」

寂しそうに芽衣が言うと、大和はすぐさま頷いた。

「だからきっと、環さんが考えているようなことはできないと思う。それでも、俺なりにもがいてみるつもりだけどな」

「うん、わかった。じゃあ、あとは倉木くんたち本人に任せるね」

優しく微笑《ほほえ》んだ芽衣に対し、大和は力強く頷いてみせた。

「それに白瀬のことだから、きっと今回の告白も断るだろうと思ってるよ。なんだかんだでさ」

「そうだよね！　サッカー部のエースの人とか、野球部のピッチャーをやってる人とか、軽音部のボーカルをやってる先輩が告白したって、きっと聖女さんなら断るよね！」

笑顔で同調してきた芽衣の口から、耳を疑うような肩書きの数々が出てきたことで、大和の思考は一瞬フリーズする。

「……え？　今のって、たとえばの相手だよな？」

「ううん、これから聖女さんに告白する人たちだよ」

あっさりと芽衣は言ってみせるが、相手が校内の人気者だと知って、大和は顔を引《ひ》き攣《つ》らせた。

それにどうやら、相手は一人ではないらしい。余計に不安ばかりが募っていく。

「えっと、まず告白する予定の相手は何人いるんだ？」

「わたしが知る限り、五人だよ。みんな前夜祭のときに告白するみたい」

体育祭の当日は、カップルとして過ごそうという魂胆だろう。現に、ここ最近だけでも新規カップルの姿はよく目にする。

それにしても、五人とは。やはり聖良はモテるのだと、改めて実感させられる数字である。

しかも、告白するのは前夜祭――つまり、今日の予行演習が終わった後ときた。直前も直前である。

「その……告白する場所って、定番とかあるのか？」

大和が弱腰になって尋ねると、芽衣は頭を悩ませながら答える。

「うーん、やっぱりテラスかな。わたしも呼び出されたことがあるし」

「へぇ、やっぱり環さんもモテるんだな」

「あ、べつに自慢してるわけじゃないからね⁉　ただ、ちゃんとした情報を伝えたかっただけで……」

「わかってるよ。ありがとな」

芽衣がモテるという話も一年生のときから耳にしているし、今さら驚くことでもない。

彼女が誰かと付き合ったという話は聞いたことがないが、その辺りの話は聞くタイミングじゃない気がした。

そこで予鈴が鳴った。どうやら知らぬ間に時間が過ぎていたようである。

「げ、もう予鈴か。さすがに予行は出ないといけないよな」

「当たり前だよ！　急ご！」

「ああ！」

数多《あまた》の男子から聖良が告白される——そのせいで、大和も本心では体育祭の予行演習どころではなく、不安や焦《あせ》りの気持ちでいっぱいである。

けれど、体育祭の予行をサボっても事態が好転するわけじゃない。

ひとまず大和は考えることをやめて、芽衣とともに駆け足でグラウンドに向かった。

グラウンドに到着すると、すでに多くの生徒たちが集まっていた。

人数が多いぶん、当然ながら騒がしくもなっているわけだが、それでもどこか雰囲気がおかしい。

それに、なぜだか大和と芽衣に視線が集中している気がした。その異様な状況には芽衣も気づいているらしく、不安そうに俯いていた。

芽衣とは別れてクラスの待機列に並んだところで、瑛太が声をかけてくる。

「お、やっと来たかー。なんかお前ら、大変なことになってるぞー」

苦笑交じりに瑛太が言ったところで、女子の列の方向から「えっ、何これ！」と芽衣の素っ頓狂な声が聞こえてきた。クラスの女子のスマホを食い入るように見つめているので、きっと何かしら問題のある内容が映り込んでいるのだろう。

気になった大和に対し、瑛太が自身のスマホを見せてくる。

そこには体育館の裏で話す大和と芽衣の姿が映っていた。……どうやら先ほど話しているところを、誰かに隠し撮りされていたらしい。

すでにＳＮＳでは拡散されているらしく、『倉木大和が環芽衣に告白をした』――ということになっているのだとか。大和は軽く眩暈《めまい》を覚えた。

そんな大和を元気づけるかのように、瑛太が肩を組んでくる。

「ま、みんな面白がってるだけだって。そのうち飽きるだろ」

「だといいけどな」

そこで、女子の列の後方に並ぶ聖良と目が合った。

いつものポーカーフェイスで、何を考えているのか読み取れない。

それからすぐに、聖良は視線を逸《そ》らした。

(目を逸らされた……。誤解とかされてないよな?)

これだけ周囲が噂《うわさ》をしていれば、聖良の耳に入っていてもおかしくはないが、今はそれを確かめることはできそうにない。

大和にとって現時点での一番大きな問題は、聖良が数多の男子から告白をされるであろう『前夜祭』なわけだが、芽衣との問題も無視はできない。

芽衣が周囲に「誤解だよ! わたしが倉木くんに相談したいことがあって、呼び出しただけだし!」と必死で訴えていることから、クラス内の誤解が解消されつつあるのは、せめてもの救いだった。

本当はすぐにでも聖良と話したかったが、じきに予行演習が始まる。

合間を縫って、聖良が誤解しているかどうかを確認しようと思い、今は意識を予行演習に向けた。

体育祭の予行演習はプログラム通りに進み、生徒たちは流し気味に競技を実施していく。

大和が出場する競技は二百メートル走に棒倒し、騎馬戦に綱引きとハードなものばかりで、流し気味にやるだけでも大変である。もちろん、全てくじ引きやじゃんけんに負けた結果なので、文句は言えない。

「倉木ー、騎馬組むぞー」

同じ騎馬メンバーの瑛太が声をかけてくる。騎馬戦の予行に関しては、実際に騎馬を組んで、本番の半分ほどの時間で実施されるらしい。それだけでも、とても億劫《おっくう》である。

メンバーの体格的に、大和と瑛太は騎馬担当になった。瑛太が中央で、大和が左側だ。その上に騎乗するのは、小柄で身軽そうな男子・永山《ながやま》である。

「つーかさ、聞いたか？　サッカー部の内田《うちだ》が聖女さんに告るって話」

騎馬の上に跨《また》がった永山が軽口を叩《たた》くように言う。どうやら芽衣以外の生徒にも、その話は広まっているらしい。

サッカー部の内田といえば、部内のエースでその上イケメンだったはずだ。芽衣の言っていた『サッカー部のエース』とは、この内田で間違いないだろう。

具体的な名前が出てきたことで、大和はモヤモヤとした感情を募らせていく。そんな人気者に告白された場合、さすがの聖良でも揺らいだりするのか、大和には想像ができなかった。

とはいえ、そんな気持ちを永山に吐露するわけにもいかず。

大和は気まずさを覚えながらも黙っていると、そういった話に慣れている様子の瑛太は

「らしいなー、オレも昨日知ったわー」と欠伸《あくび》交じりに返答した。

騎馬の右側を担当している三上《みかみ》という男子が「けど、内田も身の程知らずだよなー」と軽く毒を吐いて、それを聞いた永山がけらけらと笑う。

「ま、どうせ振られるだろうな。なんせ――って、倉木もいたか！」

永山はこの場に大和がいることを忘れていたらしく、気まずそうに視線を前方に向ける。

「別に、気にしなくていいよ。白瀬がモテるのは知ってるし」

気まずい雰囲気を和ませようと、大和は愛想笑《あいそわら》いを浮かべながら答える。

この場から逃げたい気持ちは山々だが、もうすでに騎馬は出来上がっているのだ。今さら逃げようがない。

すると、永山は調子に乗った様子で、ニヤニヤしながら顔を向けてくる。

「じゃあさ、倉木は最近どうなのか教えてくれよ。聖女さんとの話でもいいし、環に玉砕したときの感想でもいいぜ！」

「いや、その……」

「永山ー、グイグイいきすぎだって。そんなんだからモテないんだぞー」

そこでフォローをするかのように口を挟んだのは、瑛太だった。なぜか三上まで同調するように頷《うなず》いている。

「うっせ、この万年モテ男め！」

「わっ、おい、暴れんなよ！　落ちても知らないぞ⁉」

瑛太のおかげで話題は逸れて、大和はホッと安堵《あんど》する。

やはりこういった類の話には、いつまで経《た》っても慣れそうにない。それに基本、聖良とのことを他人に話したいとは思えなかった。

そこで試合開始のホイッスルが鳴り、騎馬戦（予行仕様）が開始される。

「よーし、今日は逃げるぞー。本番は明日だし、わざわざこっちの戦法を見せてやる必要はないからな」

先頭の瑛太の指示通り、逃げて時間を稼ぐことに。能ある鷹《たか》は爪を隠すとは、まさにこのことだと大和は思った。

そうして何事もなく騎馬戦の予行は終わり。

騎馬から解放された直後、瑛太が真顔で肩を組んできた。

「なあ、さっきの話だけどさ」

「白瀬に告白しようとしている奴《やつ》がいるって話か？」

「おう、他にも結構いるんじゃないかなー。去年の前夜祭のときも凄《すご》かったらしいし」

「……けど、俺にはどうしようもないよ」

「関係ないとは言わないんだな」

「うるさいな……」

へへ、と爽やかな笑みを浮かべる瑛太。

関係ないはずがない。聖良が誰かと付き合おうものなら、おそらく今まで通りに大和が聖良と遊ぶことは不可能になるからだ。

けれど、やはり心のどこかで聖良は誰とも付き合わないんじゃないかという、妙な期待があった。

その気持ちを瑛太には見透かされているようで、なんだか居心地が悪い。

「ま、今の関係を大事にするのも良《い》いけどさ、たまには踏み込むのもアリなんじゃないかと思うぜ」

「踏み込むべきときには、もちろん踏み込むさ」

たとえば、聖良が困っているときには。きっと、今の大和は迷わず踏み込んでいくだろう。

ただ、瑛太が言わんとしていることとは少し違ったようで。

「なんか勘違いしてそうだけど、まあいいや。お節介はここまでにしておくぜ」

そう言って、瑛太は離れていく。

「俺だって、嫌だとは思ってるよ」

　遠くで鉢巻を巻き直す聖良の姿を眺めて、大和は小さくため息をついた。

　けれど、どうすればいいのかわからないのだ。

　ふいにチャンスがやってきたのは、応援合戦の予行を終えた後だった。

　各々がクラスの待機席に戻る中、聖良が指を差しながら声をかけてきたのだ。

「あ、有名人」

　嬉《うれ》しくなった大和は、すぐさま近づいていく。

「誰が有名人だよ。それを言うなら、白瀬の方だろ」

「だって、周りに噂をされてたから」

「天下の聖女さんは、そういう噂話を気にしないタイプじゃなかったでしたっけ？」

「じゃあ、初めて気になったかも」

「ほんとに、ああ言えばこう言うよな……」

　一瞬だけ間を置いて、

「「ぷっ……あははは！」」

　二人揃《そろ》って吹き出したかと思えば、そのまま大声で笑っていた。

周囲から注目されたことで、大和は笑うのをやめたが、聖良は未《いま》だに笑い続けている。

「おい白瀬、見られてるって」

「だから？　なんかおかしいんだもん」

その笑顔がとにかく可愛《かわい》くて、見ているだけで頬が緩んでしまう。

ひとしきり聖良が笑い終わった後、大和は視線を逸らしながら口を開く。

「……あのさ、前夜祭のときって、予定は空いてるか？」

「うん、空いてるよ。一緒に回ろ」

「ほんとか！　……って、誰かに呼び出されたりはしてないのか？」

聞いた瞬間は喜んでしまったが、事前に呼び出しを受けてはいないのか、念のために確認してみる。

すると、聖良はきょとんとしながら、

「呼び出されたけど、断ったよ。前夜祭は自由参加だけど、今年はお雑煮とかおしるこを配るみたいだし、大和と一緒に食べるつもりだったから」

「はあ……？」

色気より食い気を取るのは、聖良らしいと言えるかもしれない。

ただそれは、今日告白をされないというだけで、大和にとっては問題の先送りにしか思えなかった。

　ゆえに、大和は覚悟を決めて口にする。

「でも、せっかく呼び出してくれたんだから、やっぱり行くべきだと思うぞ。……大丈夫、白瀬のぶんのお雑煮もおしるこも、ちゃんと俺が取っておくからさ」

　最後にそう付け加えてしまう辺り、自分は情けないやつだと大和は思った。

　けれど、言わずにはいられなかったのだ。最後には自分のもとに戻ってきてほしいと、そんな独占めいた願望が、胸の内から溢《あふ》れ出してしまったようだった。

　対する聖良は、少し考え込んでから頷く。

「わかった。じゃあ、終わったら連絡する」

　そう話す聖良の表情は、あくまでドライなままだ。今回の呼び出しが意味するものが、『告白』であることは、さすがに聖良もわかっているだろう。

　自分から仕向けたようなものなのに、聖良が行くという選択をしたことに、大和は焦燥感を覚えていた。そしてそのことに、自己嫌悪《けんお》を感じてしまう。

　そのままクラスの待機席に着いたところで、次の競技に参加する聖良とは別れることになった。

「あ、そうだ」

入場門に向かう途中で、聖良が何かを思い出したように振り返る。

「環さんとの噂《うわさ》って、ほんとなの？」

相変わらずのポーカーフェイスで尋ねてくる聖良。

前夜祭の件を尋ねることに大和は必死だったせいで、誤解だと説明し忘れていたことに
そのとき気づいた。

「いや、俺と環さんがそういう関係になるわけないだろ。ただの相談事をしていただけだよ。つまり、あの噂はデマ。ただの噂だよ」

「そっか」

聖良はふっと微笑《ほほえ》んで、前に向き直る。

そしてスキップを踏みながら、入場門へと向かっていった。

その背を見送ってから、大和はクラスの待機席に座る。

（あんな嬉しそうにされたら、さすがに勘違いしそうになるだろ……）

そんな風に思いながら、大和は静かに悶《もだ》えていた。

◇

体育祭の予行演習は問題なく終わり、いよいよ前夜祭が始まった。

青崎《あおさき》高校の前夜祭は、生徒会と体育祭実行委員の生徒が協力して出し物を催したり、お手製のお雑煮とおしるこを配布したりと、なかなか盛り上がるイベントとなっている。

お祭り気分の生徒たちが校内に多く残り、中間テストの気晴らしにはしゃぐ場となっていた。

しかし、大和の気分はお祭りどころではなく。

ひとまず約束した通り、お雑煮とおしるこを確保しておいたが、メッセの新着はない。

誰もいない教室に入り、電気も点《つ》けずに自分の席に座り込む。

まだ夕方だというのに、カーテンが全て閉まっているせいか、室内はとても暗かった。

「はぁ……」

情けないため息が出る。

ただひたすらに、聖良が告白を受け終わるのを待つのが、これほど酷なことだと大和は予想していなかった。

時折、外から聞こえる楽しそうな歓声が鬱陶しく思えた。

「いっそ、乱入でもするか……？」

告白の定番スポットがテラスであることは、芽衣から聞いている。今向かえば、文字通りの乱入ができるかもしれない。

「邪魔してどうするんだよ……」

そんな独り言を呟《つぶや》いていると、スマホがメッセの着信を報《しら》せた。

確認すると、相手は聖良だった。

『今どこ？』

すぐさま大和は『教室にいる』と返信する。

すると、ものの数分で扉がノックされたので、視線を向ける。

ひょこっと顔を覗《のぞ》かせたのは、やはり聖良だった。

「おまたせ」

とても可愛らしい仕草だが、口調は淡々としている。

「おつかれ。呼び出しは終わったのか？」

大和はできるだけ平静を装《よそお》うことを意識したが、どうしても声が震えてしまう。

すると、聖良はからっとした様子で答える。

「うん、全部告白だったよ。それで全部断った」

「……潔《いさぎよ》いというか、どこまでも一貫してるよな、白瀬は」

大和は内心でホッとしていたものの、素直になれずに悪態をつくような口調になってしまう。

「あれ？　なんか怒ってる？」

　すると聖良はそう言って、顔を覗き込んでくる。

　あまりにも至近距離だったので、照れた大和は机に突っ伏した。

「いや、べつに怒ってないぞ」

「ていうか、電気点けないと真っ暗だね。──お雑煮とおしるこは？」

「窓際《まどぎわ》、白瀬の席に置いといた。……もう冷めちゃっただろうけど」

「ありがと。大和はもう食べた？」

「食べてない。食欲がなかったし」

「じゃ、どっちかあげる。どっちがいい？」

「……おしるこ、かな」

「オッケー」

　それからすぐに、大和は肩をつつかれた。

　けれど、どうにも顔を上げる気にはなれず、大和は突っ伏し続ける。

「おしるこ、持ってきたよ。確かに冷めてるけどね」

「そこら辺に置いといてくれ」

「わかった。──いただきます」

近くから咀嚼《そしゃく》音が聞こえて、暗がりのせいか、やたらと鮮明に感じ取れた。

そばに聖良がいる。

それだけで、すごく安心できる気がした。

「……俺さ、実は後悔してた」

ぼそりと呟くものの、反応はなく。ゆえに、大和は続ける。

「白瀬が告白されるってわかってて、行かせたこと。だって、単純に面白くないしさ」

未だに咀嚼音が聞こえるのみで反応がないので、仕方なく顔を上げると、聖良は隣の席に座って美味《おい》しそうにお雑煮を食べていた。

「……いや、やっぱりなんでもない。忘れてくれ」

「私も」

スープまで全て飲み干したところで、聖良がようやく口を開いた。

そして、大和のことを真《ま》っ直《す》ぐに見つめて言う。

「大和が環さんに告白したって話を聞いたときは、モヤモヤしたよ。だから多分、同じだと思う」

「同じって？」

声を震わせながら、大和は尋ねる。

すると、聖良はきょとんとしながら言う。

「ん？　だから、私と大和の気持ち。私も大和との今の関係が大事だって思うから。この前、もっと相談もするって決めたしね」

「あ、ああ、そうだな」

心底ホッと、大和は安堵《あんど》した。

それと同時に、少し残念だと思う気持ちも自覚してしまう。

そんな気持ちを振り払うように、そばに置いてあったおしるこをかき込む。

「甘っ……しかも、思いっきり冷めてるし」

予想以上に甘くて冷めたおしるこは、お世辞にも美味しいとは思えなくて。

そこでふと、隣に座っている聖良が背中を向けていることに気づいた。

「白瀬？」

名前を呼ぶと、聖良はそわそわとした様子で自らの髪に触れる。

「どうかしたか？」

「なんかさっき、大和も気持ちが一緒だってわかったら嬉《うれ》しくて。……顔、熱い」

言われてみれば、聖良の耳がほんのりと赤くなっている気がした。相変わらずこちらを向く気配はないし、室内が暗くて確認しづらいことだけが悔やまれる。

だがしかし、それに気づいた大和も顔が火照《ほて》り始めていて。室内の暗さに救われたのは、大和も同じだった。

もう一度、気を紛らわせようと口に含んだおしるこはやっぱり甘かったが、それでも悪くないと思えてしまった。

「……明日は体育祭の本番だし、そろそろ帰るか」

なんとなく濁すように大和が言うと、聖良も「うん」と同意してきた。

昇降口を出ると、他にもちらほらと下校する生徒の姿が見えた。どうやら前夜祭は終わったらしい。

日が暮れ始めている中、大和と聖良は並んで歩いているものの、特に会話はなく。

大和の脳裏には先ほどの聖良の姿がちらついているせいか、なかなか話題を振ることができずにいた。

（平常心、平常心でいないと……）

気持ちを切り替えようと思い、大和は自身の頬を引っ叩《ぱた》いた。

隣を歩く聖良は、いきなり大和がそんなことをするものだから、驚いた様子で視線を向けてくる。

「えっ、どうしたの？」

「いや、ちょっと気合いを入れ直してた……」

「あー、明日本番だもんね」

　違う話題の方に受け取ってもらえたようで、大和は静かにガッツポーズを決める。

「そうそう。俺、体育祭が楽しみになることなんて、生まれて初めてでさ。変に緊張もしてるよ。自分が応援団だってことも、未《いま》だに信じられないくらいだ」

「いつも通りにやればいいんじゃない？　張り切るのもいいけどさ」

「白瀬らしいな」

「まあね。疲れるのとか、あんまり好きじゃないし」

　ようやく普段通りに会話ができたところで、駅前に着いた。

「じゃ、また明日」

「ああ、また明日な」

　別れ際にはいつも通りの挨拶をして、互いに帰路に就いた。

七話　体育祭と応援合戦

体育祭の当日を迎えた。

雲一つない晴天の下、絶好の運動日和である。

とはいえ、昨夜のうちに一雨降ったので、グラウンドにはぬかるみが残っていたが、それも体育祭実行委員の生徒が早朝から整備してくれたおかげで、競技に大きな支障はなさそうだった。

体操服に着替えた全校生徒がグラウンドに集まり、校長の長い挨拶を聞いた後、ラジオ体操に入る。

そうしてプログラム通り、競技が開始された。

観覧に来ている保護者の数も多く、会場は午前中だというのにすでに賑《にぎ》わいを見せている。

大和《やまと》の最初の出番は、男子二百メートル走である。まだ体育祭は始まったばかりだというのに、軽く憂鬱な気分であった。

「倉木《くらき》、一位を目指せよ！」

クラスの応援席から、瑛太《えいた》が爽やかにエールを送ってくる。

「いや、タイム的には三位が妥当な気がする……」

「走る前から弱気でどうするよ、なあ？」

瑛太が隣のギャル風女子に話を振ると、「そーそー。倉木っち、がんば！」と変なあだ名で応援された。……まあ、悪い気はしない。

その隣に座る芽衣《めい》はというと、次に控えている女子二百メートル走の選手たちが集まる入場門の後方を眺めてうっとりとしていた。そこには聖良《せいら》がいるのだ。

（まあ、せいぜい頑張りますか）

別にギャルから応援をされたからというわけではないが、大和は気合い十分に入場門をくぐり抜ける。

さっそく男子二百メートル走が開始して、一組目がスタートした。

グラウンドをぐるりと一周することになる二百メートル走は、スタミナの管理も重要になってくる。最初に飛ばしすぎても、後半でバテバテになってしまうのだ。

けれど、それほど足が速くない大和がスピードを緩めていては、まず間違いなく一位は取れない。

ゆえに、大和は賭けに出ることにした。いわゆる、逃げ切り戦法である。

最初から全力で飛ばして、後半バテても追いつかれないほどの差をつけるのだ。

そしていよいよ大和の番が回ってきた。スタートは第一レーンであり、インコースの曲がりがキツいぶん、上手《うま》くいけば優位に立てる位置だ。

スターターが「位置について」と声を発し、大和はスタート位置につく。すでに緊張で心臓がバクバクと鳴っている。

続いて、「よーい」の掛け声でクラウチングスタートに入り、号砲が鳴るとともに走り出した。

まず直線を走る序盤は競《せ》り合いながらの三番手、想定通りである。

周囲の声援や喧騒《けんそう》が耳に届いて、急《せ》かされているような気分になる。

ファーストコーナーに入ったところで、横並びになり、そして一番手に抜け出ることができた。そこから直線を全力で走り続ける。

だが、肺はすでに悲鳴を上げていた。足も心なしか重い気がする。

(負けるもんか……!)

それでも諦めず、懸命に足を動かす。後方からは息遣いが聞こえる。おそらく距離を詰められているのだろう。

そのまま最終コーナーに入り、カーブだろうとスピードを緩めることなく走り続けたの
だが――
「あっ」
足がもつれた気がした。
そして次の瞬間にはバランスを崩して、前のめりに転んでいた。
すぐに立ち上がったが、他の走者が視線の先に見える。
どうやら乾ききっていないぬかるみに足を取られたらしい。擦りむいた両膝が痛む。そ
んな状況を頭で把握してから、再び走り出した。
「ハァッ、ハァッ……」
そうしてようやくゴールする。
ゴール直後は肩で息をしながら、擦りむいた膝に手をつくこともできずに天を仰いだ。
結果は当然ながら四着、最下位である。申し訳なさと恥ずかしさから、クラスの応援席
の方を見ることができない。
「ナイスランだぞ倉木ー！」
そこで、応援席から瑛太のねぎらう声が届いた。続いて他のクラスメイトからも「よく
走り切ったな！」、「傷はすぐに洗えよー」などと声がかけられる。

それはそれで恥ずかしいので、大和は小さく一礼をしてから、ひとまず走り終わった生徒たちの待機場所に座る。

それから間もなくして、男子二百メートル走は終わり、続いて女子二百メートル走。

聖良が走る順番は後の方なので、その間に傷口を水で洗って、応援席に座った。

「うわ、倉木くん痛そう」

傷口を見た芽衣が心配そうに言い、他のクラスメイトたちも保健室に行くことを勧めてくる。

「えっと、もうちょっとしたら行ってくるよ」

はっきりと『白瀬《しらせ》が走るところを見たいから』とは言えず、なんとかごまかした。一部のクラスメイトには当然、気づかれていたが。

そしてついに聖良の番が回ってくる。聖良の場合もくじ引きで決まった出場だが、女子の中では校内で一番足が速いらしく、誰もがその姿に注目した。

髪をポニーテールに結わえた聖良は、しなやかな動作でスタート位置につく。

その姿を見る誰もが息を呑《の》む中、間もなくして鳴り響いた号砲とともに、聖良は走り出した。

途端、周囲から「おおっ！」と歓声が沸き起こる。

速い、速すぎるのだ。

他の走者を置き去りにして、男子顔負けのスピードで疾走するその様は美しく、凛々《りり》しく、それでいて力強い。まるで駿馬《しゅんめ》のようである。

そのまま聖良は速度を落とすことなく、風を切ってゴールした。

小さく息を整えながら髪ゴムを外し、リラックスして伸びをする仕草がやけに色っぽい。

走り終わった後だというのに、周囲の視線を独り占めにしていた。

「やっぱりすごいな、白瀬は」

その光景を眺めていた大和は小さく呟《つぶや》いてから、静かに席を立った。

次の大和の出番は棒倒し。開始までにはまだ時間がある。

ゆえに、大和は一人で保健室に向かった。

上履きに履き替えてから、ひと気のない廊下をゆっくりと歩く。

日差しが入らないおかげか校舎内は涼しくて、汗が引いてきた。

保健室の戸をノックすると、中から「どうぞー」と優しい声が返ってくる。

「失礼します」

一言告げて中に入ると、心地よいクーラーの冷風が吹きつけてきた。

清潔感のある室内と、微《かす》かな薬品臭が気持ちを落ち着かせる。

「あら、膝を擦りむいたのね。そこに座って」

温厚そうな白衣姿の女性——養護教諭の藤田《ふじた》先生がソファに座るよう促してくる。

ウェーブがかったダークブラウンの髪に、知的かつおっとりとした顔立ちと、出るところの出た包容力を感じさせるその容姿を見れば、生徒たちからの人気が高いのも頷《うなず》ける。

「一応、水では洗っておきました」

事前に傷口を洗ったことを報告すると、藤田先生は大和の目の前で屈《かが》んで、傷口を確認してからうんうんと頷く。

「よしよし、ちゃんと洗えているわね。なら、あとは絆創膏《ばんそうこう》を貼るだけよ」

「えっと、消毒はしなくていいんですか？」

「うん。この傷なら、あとは絆創膏を貼っておけば大丈夫」

間近で年上美人がいきなり顔を上げて微笑《ほほえ》んでくるものだから、思春期男子としては当然ドキドキしてしまう。ついでに、豊かな胸元に視線が吸い寄せられた。

（この人が新庄《しんじょう》の好きな人……確かに、白瀬とは違うタイプだな）

まともに話すのはこれが初めてだが、癒《い》やし系というか、とにかく包容力がすごい印象を受けた。そばにいるだけでホッとするような、癒やされるような、そんな温かい人柄を感じる。こんな姉か母親がいたら、きっと周囲に自慢できるだろう。

「この傷は、競技中に？」

棚から絆創膏を取り出しながら、藤田先生は世間話でもするかのように尋ねてくる。

「あ、はい。二百メートル走で転んでしまって……そのせいで、ビリになっちゃいました」

「そっか、大変だったね。先生も走るのが苦手で、学生時代はよく転んだなぁ」

おそらく十年近く前の記憶を懐《なつ》かしむように語るその姿は、どことなく愛嬌《あいきょう》を感じさせる。

そこで大和は、できる限り自然になるよう心掛けて口を開く。

「それでも、同じクラスの新庄がナイスランって言ってくれたので、そんなに気まずくならなかったです」

藤田先生は一瞬だけきょとんとしたが、すぐに優しい笑みを浮かべる。

「へぇ、新庄くんが。彼らしいわね」

再び大和の前に屈み込んで、大きめの絆創膏を両膝に貼ってくれた。手のひらも何か所か擦りむいていたので、小さい絆創膏を貼り付けてくれる。

「よし、これで完了よ」

「ありがとうございます。じゃあ、俺はこれで」

「はーい、残りの競技も頑張ってね！」

一礼してから、大和は保健室を出る。

お節介だったかもしれないが、初めて人の恋路の後押しをしたような気がして、妙に心臓の鼓動が高鳴った。

会場に戻ると、クラスの応援席に聖良の姿があった。

「あ、おかえり。傷は平気？」

スポドリを片手に、聖良が声をかけてくる。

「ただいま。全然平気だよ。というか、人の数が少ないな」

「ハードル走に出る人たちがいないからじゃない？」

「そうか」

自然と聖良の隣に座ると、聖良がスポドリを差し出してくる。

「飲む？」

「ああ、もら——わない」

一応、周囲には数人のクラスメイトがいるし、そもそも回し飲みを日常的にするつもりはないので、泣く泣く断った。

「聖女さーん、倉木くーん」

そこで芽衣と、同じ応援団の女子数名が近づいてきた。

どうやら、大和と聖良と一緒に写真を撮りたいらしい。

「ほら、みんなもっと寄ってー」

スマホをインカメラにして、撮影役の女子が腕を限界まで伸ばして全員を写そうとする。

人気のある女子たちに囲まれて写真を撮る——そんな夢のようなハーレムの中心に大和はいたが、遠目に男子たちの恨めしそうな視線を感じて、とても浮かれていられる気分ではなかった。

「撮るよー」

パシャッと、撮影役の女子がシャッターボタンを押したことで完了する。

ひとまず無事に終わったことに安堵《あんど》する大和だったが、名前もうろ覚えの女子に肩をつつかれて動揺する。

「倉木くんさー、撮ったやつ送るからＩＤ教えてよ」

「え、あ、はい……」

勢いのまま、その女子と連絡先を交換し、さらには他の女子とも交換することに。

とはいえ、彼女たちの大方の狙いは、その流れで聖良とも連絡先を交換することだったようだ。まんまと大和は餌に使われたわけだが、特段悪い気はしなかった。

用件を済ませた芽衣以外の女子たちは去っていき、残った芽衣がプログラムを見ながら口を開く。

「応援合戦はお昼休み明けに始まるから、お昼休みが終わる二十分前には格技棟に集まってね。そこで衣装も配るみたい。保護者の人が来てるなら、そのことを事前に伝えておいた方がいいと思うよ」

さすがはクラス委員。こまめにスケジュールを確認して、ミスがないように努めているようだ。こういうところは、大和も見習いたいと思った。

応援団の衣装といえば、数日前にサイズ合わせをしてもらったばかりである。男女ともに『学ラン』を着るらしく、大和は聖良の学ラン姿を妄想しながら、実物が見られるのを楽しみにしていた。

「環《たまき》さん、ありがとう。けど、俺の母親は仕事で来てないんだ」

「私も。親は忙しいから」

聖良の場合、親は別の理由で来ていない気もするが。いちいち家族のことを説明するわけにもいかないので、無難に合わせているのかもしれない。

「そっか、ならオッケーです」

　確認を終えた芽衣は「残りの競技もがんばろうね！」と言って、席を離れていった。

「俺も、そろそろ移動しないと」

「いってらっしゃーい」

　すでに棒倒しに参加するメンバーは入場門の前に集合しつつあるので、大和も張り切って移動する。

　今度こそ良《い》いところを見せようと思い、両頰を叩《たた》いて気合いを入れた。


『午前中の競技は終了となります。これからお昼休憩に入ります――』

　そんな放送が流れて、昼休みの時間になった。

　大和はといえば、クラスの応援席で燃え尽きていた。棒倒しは結果的に勝利することができたが、目立つ活躍はできなかったので、そこが悔しいところである。

「大和、お昼食べよ」

　普段通りに聖良から声をかけられて、大和はすぐさま復活する。

「だな。屋上に行くか？」

「うん、あそこなら人もいないだろうし」

そうして屋上に向けて移動を始めたのだが、
階段を上がるだけで、大和は息も切れ切れになっていた。

「ハァ、ハァ……」

「大丈夫？　午前中、結構ハードだったもんね」

「二百メートル走で予想以上に体力を持っていかれて、その後に棒倒しと、間髪入れずに
全員リレーをやったからな。帰宅部にはさすがにキツいよ」

「あとちょっとだから頑張ろ」

聖良が笑顔で手を差し出してくる。

窓から差し込む日差しに照らされる彼女の姿は、紛れもなく聖女そのもので。

その手を取って残りの階段を駆け上がると、ようやく屋上に出ることができた。

当然ひと気はなく、風が心地よく吹きつけてくる。

「なんか、ホッとするな。どこもかしこも人だらけだったし」

「だね。もうずっと、ここで日向《ひなた》ぼっこしてよっか」

そう言って、ごろんと横になる聖良。

「いや、次は応援合戦だし、サボるのはナシだ。環さんにも申し訳ないしな」

「だねー」

疲れのせいか食欲はないが、日陰に座って弁当箱を開く。

すると、白米の上に『ふぁいと！』と海苔《のり》文字が書かれていた。

「はぁ……」

「おー、すごい豪華だね」

聖良が弁当箱を覗《のぞ》き込むなり、羨ましそうに言う。

確かに唐揚げや牛すき焼き、とんかつに鶏のグリルが入った肉尽くしのお弁当は、いつもより豪華である。

「カロリーが高すぎるけどな。正直、食べきれるか微妙だし」

「じゃあ、残ったら私が食べてあげる」

「むしろ半分くらい貰《もら》ってくれると助かるんだけど」

「任せて」

聖良は自分の箸を取り出して、嬉《うれ》しそうに構える。箸を用意している辺り、この状況を想定していたのかもしれない。

二人で半分ずつ分けたことで弁当を食べ終え、大和はふぅとひと息つく。

「これ、一人じゃ絶対に食べ切れなかったぞ……」

「美味《おい》しかったね。ごちそうさま」

「……白瀬の親も、今日は来てないんだよな。お姉さんは？」

ふと気になっていたことを尋ねると、聖良はふるふると首を横に振る。

「多分、今日が体育祭だってことも知らないと思う」

「まあ、白瀬がそれでいいなら構わないけどさ。高校の体育祭にまで、わざわざ親を呼ばないって人も多いみたいだし」

「あ、でもね、おじいちゃんは来るかも」

あまりにもさらっと聖良が言うものだから、大和は一瞬だけ反応が遅れる。

「へ……？　えっ、おじいちゃんって、白瀬のおじいさんが体育祭に来るのか⁉」

大和が驚いて大声を上げると、聖良は微笑《ほほえ》んでみせる。

「うん、多分だけどね。なんかこっちまで来る用事があるみたいで、連絡をくれたから伝えておいた」

「お、おぉ……じゃあ、俺もいよいよ会えるわけか」

聖良の祖父といえば、ゴールデンウィークの最終日に聖良とともに訪れた、あの屋上遊園地のオーナーをやっていた人である。つまりは聖良にとって、とても大切な人であるわけで。

「そうなるね。緊張する？」

「……正直、お腹《なか》が痛くなってきた」

「あはは、それは食べ過ぎたからでしょ。でも、今のうちに慣れておいた方がいいかもね」

そう言って、聖良はスマホをいじり始めたかと思えば、

「はい、写真」

見せてきたスマホの画面には、オシャレなベレー帽を被《かぶ》った老紳士が映っていた。優しそうな笑みを浮かべており、穏やかな人だということが画像から伝わってくる。

だが、大和の意識は一緒に映っているもう一人――髪を腰まで伸ばした、幼い少女の方に向いていた。

これは間違いない、幼い頃の聖良だろう。

「昔からとんでもないな……」

「どういうこと？」

「いや、こっちの話だ。――おじいさん、すごく優しそうな人だな」

「でしょ。自慢のおじいちゃんだよ」

へへ、と無邪気な笑みを聖良は浮かべる。先ほどは平然としていたが、やはりおじいさんが体育祭に来てくれるのは嬉しいようだ。

「あー、でも、その画像は結構前のだから、実物はもうちょっと老《ふ》けてると思う。ちなみに、一緒に映っているのは私だよ」

「それはまあ、なんとなく察しは付いてたけど。……可愛《かわい》いな」

「ふふ、ありがと」

なんとなく気まずくなったので、大和はもう一度スマホを確認してから立ち上がった。

「もうそろそろ移動をしておいた方が良さそうだな。おじいさんが何時頃に来るかは聞いていないのか？」

「うーん、お昼過ぎには来るって話だったけど。まだメッセは届いてないかな」

「そうか。けどまあ、頑張ろうぜ」

今度は大和の方が手を差し出すと、聖良はその手を取って立ち上がる。

「大和のお母さんも『ふぁいと！』って言ってくれたしね」

「今さら弁当のネタをいじるのはやめてくれ……」

集合場所である格技棟に移動すると、すでに衣装の配布が始まっていた。やはり事前の打ち合わせ通り、男女ともに『学ラン』を着るようだ。

衣装を受け取った応援団員たちは更衣室へ向かう。着替えを終えた者から、入場門の前に集合である。

「じゃ、またあとでね」

「ああ」

学ランを受け取ってから、聖良と別れて更衣室に入る。

これまで大和はブレザータイプの制服しか着てこなかったため、学ランを着るというだけで新鮮だ。どこか男らしい印象を受けるその衣装に袖を通すと、不思議と気持ちが引き締まった。

胸のボタンはどこまで留めるものなのかと悩んでいたところで、隣に誰かが並んできた。

「よぉ、調子はどうだ？」

声をかけられたので隣を見ると、大柄な男子――白組応援団長の高尾《たかお》が立っていた。

「あ、どうも。……まあまあ、ですかね」

「まあまあなら十分だ。応援合戦、楽しんでいこうな」

高尾はにっこりと笑顔を向けてきて、大和はなんだか照れくさくなりながらも頷《うなず》いた。

おそらく、未《いま》だに他の応援団員――特に男子の団員たちとは馴染《なじ》むことができていない大和に気を遣ってくれたのだろう。さすがは応援団長である。

その心遣いが有《あ》り難《がた》いのと同時に、少し申し訳なくなった。

応援団に参加したことで、大和はわかったことがある。自分はやはり、陽キャと関わることには向いていないということだ。

けれど、応援合戦の演舞を練習することは楽しかったし、皆で通して演舞をやったときには達成感も得られた。そういう参加の仕方もあることを、大和は学んだ。

着替えを終えて準備が完了した大和は、高尾に向き直って言う。

「白組の演舞、楽しみにしてます。応援合戦ではよろしくお願いします」

そう言って一礼すると、高尾は笑顔でガッツポーズをしてみせた。

入場門の前に移動すると、すでに大半の応援団員が集まっていた。

まだ聖良の姿はなかったが、芽衣や赤組団長の柳《やなぎ》はすでに待機済みだ。二人とも、学ラン姿がなかなかに似合っている。

「おおっ」

そのとき、誰かが感嘆の声を上げ、皆の視線が一点に集まる。

つられて大和も視線を向けたところで、思わず吐息がもれた。

視線の先に立つのは、学ラン姿の聖良であった。

髪を一つに結わえ、涼しげで凜《りん》とした顔立ちと、雄々しい学ランのデザインがしっくりと組み合わさっていて、奇跡的なまでに美しく、そしてかっこよかった。

まさに男装の麗人然としたその姿を前に、男女問わず全ての者が目を奪われている。

他の団員と同じく大和も言葉を失っていたが、こちらに気づいた聖良が近づいてくる。

「似合ってるじゃん。かっこいいよ」

凛々《りり》しい笑みとともに、さらりと褒めてくる聖良。

まるで世界最高峰のイケメンに口説かれているような、不思議な気持ちを大和は味わいながら、呆《あき》れぎみに返答する。

「それは皮肉ですか……」

「なんで？」

「いや、白瀬はそういう奴《やつ》だったな」

頭を抱えそうになりながらも、きょとんとしている聖良に笑みを返す。

そこで気づいたのだが、遠くの方で芽衣が幸せそうに倒れていた。……今はそっとしておいた方がよさそうだ。

「まだおじいさんからは連絡がないのか？」

声を潜めて尋ねると、聖良は頷いてみせる。

「べつに、顔を見られれば十分かなって思うし、気にしないでいいよ」

「ああ、わかった。それじゃあ、気合いを入れていこう」

大和と聖良が互いに気合いを入れたところで、

「ブラボー！　とっても似合ってるね、白瀬ちゃん！」

興奮ぎみになりながら、柳が拍手を交えて声をかけてきた。

「あ、どうも」

「これなら赤組の勝利は確定かな〜」

「はんっ、白組を見くびってもらっちゃあ困るぜ」

野太い声で介入してきたのは、白組団長の高尾である。がっちりとした体格と学ランの組み合わせは抜群に合っていて、聖良とは違った方向でかっこよかった。現に周囲の女子生徒たちがキャーキャーと叫んでいる。

「ザ・男って感じがして暑苦しいな〜。今どきの男子はもっとこう、スタイリッシュじゃないとね〜」

煽《あお》る柳に対し、高尾はニッと笑みを浮かべる。

「なら、この応援合戦で白黒つけてやるよ。真の応援団長はどちらかってことをな」

「面白い、受けて立とうじゃないか。こっちは最強のリーサルウェポンである聖女こと、白瀬ちゃんがいるからね。これっぽっちも負ける気がしないよ」

バチバチと闘争心を燃やす両団長。その熱気に当てられて、他の団員たちも昂《たかぶ》り始める。

そのノリにいまいち乗り切れていない大和は、苦笑しながら呟《つぶや》く。

「そもそも、応援って競うものだったのか……」

「応援合戦っていうくらいだしね。まあ、団長たちのは私情が入っていそうだけど」

同じく乗り切れていないらしい聖良が呆れぎみに言う。互いに乗れていない者同士、大和と聖良は顔を見合わせて笑った。

それから間もなくして、昼休み終了の放送が流れ、先発の赤組は円陣を組むことになった。

「よーし、わたしたちの今までの成果を見せつけて、午後からの体育祭も思いっきり盛り上げていくよ！　赤組ファイトォ――」

「「「「オーッ！」」」」

気合い十分に赤組応援団の円陣が終わると、柳が「いくぞ！」と掛け声を発し、赤組の応援団員たちが一斉に入場門をくぐり抜けていく。

太鼓の音とともにグラウンドに整列してから、柳がエールを送る。

エールを終えた直後に太鼓の音が変調し、それを合図に演舞が始まった。

赤組の応援団員たちが力強く、熱のこもった舞を披露すると、場内の熱気も最高潮に向けて高まっていく。

初めはミスをしないことだけに注力していた大和だったが、周囲の熱気に当てられる内にダイナミックな動きを意識するようになり、感じたことのない高揚感を覚えた。

気持ちの強さが演舞にも表れて、楽しく、力強く、他の団員たちと一致団結して舞い踊っている最中は、まさに胸が躍った。

視線の先には聖良がいる。それもまた、大和の気持ちを高揚させる一因だ。しなやかで華麗なその姿に引っ張られるようにして、他の団員たちの演舞にも磨きがかかる。

そうして五分弱の演舞が終わり、周囲からは割れんばかりの拍手が送られた。柳の一声がかかった後、赤組の応援団はすみやかに退場する。

大成功といえる出来栄え《できばえ》で終えたことで、退場した後は抱き合って称《たた》え合う団員や、感極まって泣き出す団員もいる始末。

そのうちの一人である芽衣は、「聖女さんも倉木くんもほんとにありがとねぇ」と、涙で顔をぐしゃぐしゃにして感謝を伝えてきた。

その後、白組の気合いが入った演舞も披露され、応援合戦は無事に終了したのだった。

「かっこよかったじゃねえの」

クラスの応援席に戻った大和に対し、瑛太が少しだけ悔しそうに声をかけてきた。

それからすぐにクラスの女子たちが集まってきて、「マジ超かっこよかった！　やばいね援団！」、「倉木くん一緒に写真撮ろ〜！」などと、はしゃぎながら声をかけてくる。

（これはもしかして、モテ期というやつの到来なのか⁉）

と、一瞬だけ期待した大和だったが、すぐさまその注目は戻ってきた聖良と芽衣に向けられる。

内心でがっかりしていた大和に対し、瑛太がニヤニヤしながら肩を組んできて、

「ドンマイ、短い栄光だったな」

「新庄うるさい」

「まあまあ、そう怒るなって。そういや応援団の勝敗って、最後の結果発表のときに出るんだったか」

「たしかそのはずだけど、俺はもう勝敗なんてどうでもいいかな」

これは大和の本心からの言葉で、精一杯のベストなパフォーマンスを皆で出来たことに、大きな達成感を覚えていた。

「いいねぇ、アツい感じで。その調子で騎馬戦も暴れてやろうぜ！」

「ああ！」

瑛太とともに、大和は駆け足で入場門へと向かう。

今ならどんな競技でも負ける気がしなかった。

「よっしゃあ！　オレかっこいい！」

騎馬戦で圧勝したことにより、戻ってきた瑛太は勝利の栄光に浸っていた。

同じく大和も勝利の喜びを噛《か》み締《し》めていたが、瑛太ほど大げさなアピールは恥ずかしくて出来そうにない。

そんなとき、クラスの体育祭実行委員の男子生徒が困った様子で駆け寄ってきた。

「なあ、誰か二人三脚に代役で出てくれないか？」

すると、瑛太が勢いよく挙手をする。

「よし、オレ出るぜ！」

「いや、新庄は元々参加メンバーだろ」

「あ、そうだったか。じゃあ、倉木！」

瑛太から思わぬ助《すけ》っ人《と》参加を呼びかけられて、大和は身体《からだ》をビクつかせる。

「えっ、俺……？」

「おうよ！　次の綱引きまでは、まだ時間があるだろ？」

「時間はあるけど、二人三脚って練習なしで出来るものなのか？」

「大丈夫だって、なんとかなるさ！」

そうして成り行きで参加することに決まってしまい、大和は不安ながらも覚悟を決める。

すると、実行委員の男子が困った様子でさらに言う。

「実は、女子も足りてないんだけど」

しーん、と辺り一帯が静まり返る。

それを先に言えよ、と大和が悪態をつきたくなったそのとき、

「じゃ、それ私やる」

そこで立候補したのは聖良だった。ちょうど手洗い場から戻ってきたようだ。

意外なようで意外ではない組み合わせに、周囲はざわつき始める。

が、そんなことは聖良にとって心底どうでもいいらしく、入場門へ向けて歩き出す。

「大和、行こ」

顔だけ向けて声をかけてくるその背中は、やけに頼もしく見えて。

「ああ」

すでに気合い十分になった大和も入場門へと向かう。

二人三脚では左側が大和、右側が聖良と立ち位置を決めて、屈《かが》みながら互いの足首に二人三脚用の紐《ひも》を結ぶ。その最中、大和は少し気になっていたことを尋ねてみる。

「白瀬は疲れてないか？」

「平気。人混みには酔いそうになるけど」

「そうか。無理はするなよ」

「ありがと。――あ、その結び方だとほどけちゃうよ」

そう言って、聖良が大和の足首の紐を結び直す。

その最中、間近に聖良の横顔があって、とても良い匂《にお》いがした。

「できた。――なんか顔赤いけど、大和の方こそ大丈夫？」

「えっと、大丈夫だ。……多分」

邪《よこしま》な気持ちをごまかすように大和が立ち上がると、聖良も続いて立ち上がる。

「ならいいけど。ほら、始まる前にちょっと練習しておこ」

「えっ、ちょっ――」

いきなり聖良が腰に手を回してくるものだから、大和は素っ頓狂な声を上げてしまう。

ドギマギしながら、大和も聖良の腰に手を回したのだが――

「ひゃっ」

隣からとんでもなく可愛《かわい》い悲鳴が聞こえてきたかと思えば、聖良が顔を真っ赤にしていた。

「えっと……白瀬、さん？」

柔らかくてふにふにとした腰の辺り——というより脇腹の辺りを摑《つか》むと、

「ひゃっ⁉　——ていうか、ほんとにやめて」

再び可愛い悲鳴を発した聖良は、次の瞬間にはジト目を向けてきて、怒りぎみに言う。

今回でわかったことだが、どうやら聖良は脇腹が弱いらしい。思わぬ弱点の発見に心が躍る大和だったが、これ以上やると本気で怒られそうだったので、ひとまず手を離した。

それでは、どの辺りを摑めばいいのか。必死に笑い出しそうになるのを大和は堪えながら尋ねてみる。

「ぷ、ぷぷっ……なら、どこを摑めばいい？」

「普通は肩でしょ。大和の方が背が高いから、私は腰を摑むけど。——ていうか、笑うのやめて」

「ごめん、それは無理かもしれない」

「……ムカつく」

頬を僅かに膨らませて、むくれる聖良。その姿がまた可愛くて、大和は悶《もだ》えそうになる。

しかし、そろそろ本当に自重しなくてはならない。なぜなら、二人三脚に出場する他のペアたちから向けられる白い目の圧が凄《すご》いからだ。殺気すら感じる。

遠くから「お前らー、さすがに自重しろー」と瑛太までヤジを飛ばしてくるので、これ以上は気を付けるべきだろう。

「悪かったよ、機嫌を直してくれ」

「べつにいいけど」

ふいっと視線を逸《そ》らしながら、聖良は未《いま》だにむくれている様子。言動と行動が噛み合っていない。

そうこうしている内に二人三脚の入場が始まってしまい、結局まともに練習もできないまま、本番を迎えることになった。

入場時、再び聖良が腰に手を回してくる。それを大和はこそばゆく感じながらも、聖良の肩に手をかける。

華奢《きゃしゃ》ながら柔らかい聖良の肩は微《かす》かに汗ばんでいて、手のひらから伝わるその体温が、大和の心臓の鼓動を速くさせる。

「じゃあ『一、二』の掛け声で、大和は『右足、左足』の順に出す感じでいこっか」

ドキドキしている大和とは違い、聖良の方はすっかり競技のために頭を切り替えたらしい。掛け声の提案をされて、大和は慌てて賛同する。

「歩幅は半歩ぶんくらいで。あんまり合わないようなら、走りながら調整しよ。私の方が背は低いから、基本は大和が私に合わせる感じで」

「お、おう、わかった」

「よし、行くよ」

気づけば入場門の前に取り残されていたため、大和と聖良は「一、二」と掛け声を発しながら、走者の待機場所に移動する。

周囲から嫉妬や怨嗟《えんさ》の視線を感じつつ、大和は聖良とのレースに集中することにした。

間もなく一組目のペアたちが走り出し、続いて大和たちの番が回ってくる。

スタート位置に立つと、他のペアがちらちらと大和たちを気にしてくる。きっと聖良がこのような競技に参加していることが意外なのだろう。

そうして、いよいよぶっつけ本番の二人三脚が、号砲とともにスタートした。

スタート直後はもたついていたものの、大和と聖良は「一、二」と掛け声を合わせて、ぐんぐんと速度を上げていく。

コーナーで一組を抜き、直線に出たところでもう一組を抜き去る。

あとはもう一組を抜いてゴールをするだけというところで、進行方向にぬかるみがあることに大和は気づいた。

ちょうど聖良がその地点を踏み込んで、ずるっと滑ってしまい——

（まだだっ！）

咄嗟《とっさ》に大和は外側の足で力いっぱいに踏ん張って、転びそうになった聖良の肩を強く抱き寄せる。

おかげで転ばずに済んだが、思いっきり聖良を抱きしめる形になってしまった。

腕に収まっている柔らかい感触に、大和は意識を持っていかれそうになったが、

「ごめん、急ご」

顔を上げた聖良は、まだ勝利を諦めておらず。

彼女の言葉を受けて、大和も再び走りに集中する。

そうして懸命に走ったものの、結果は三着だった。

それでも聖良は清々《すがすが》しい顔をしていて。

「ありがとね、大和。おかげで走り切れた」

彼女の笑顔を見たら、大和の悔しさも吹き飛んだ。

「こちらこそ。白瀬と一緒だったから、なんとか形になったよ」

「転びそうになっちゃったけどね。でも、ほんとに助かったー」

「なら、お互い様って感じだな。さて、紐をほどくか」

「うん」

二人で笑い合ってから、屈み込んだところで校内放送が流れる。

『生徒の呼び出しをします。二年B組、白瀬聖良さん。至急、職員室まで来てください。繰り返します――』

放送を聞いたことで、大和と聖良は再び顔を見合わす。

「なんか、呼ばれてるぞ」

「べつに悪いことはしてないよ？」

「わかってるって。早く行ってこいよ」

「えー、大和も一緒に来てよ。綱引きまではまだ時間があるでしょ？」

「仕方ないな……」

悪いことはしていないと言いながらも、心当たりがないわけじゃないのかもしれない。

次の大和の出場競技である綱引きまでは確かに時間が空いているので、大和も渋々付いていくことにした。

職員室の戸を聖良がノックしてから入ると、聖良あてに電話がきていると担任が伝えてきた。

そのため、大和は職員室の前で待っていたのだが、少しして出てきた聖良の顔はひどく青ざめていた。

「白瀬？」

心配になった大和が声をかけると、膝から崩れ落ちるようにして、聖良が床に座り込んだ。

「おじいちゃんが、倒れたって……」

「えっ」

消え入るような声で聖良は続ける。

「それで、さっき病院に運ばれたらしくて……」

全身を震わせ、うずくまるようにして俯《うつむ》く聖良。

これほど取り乱す聖良の姿を見るのは初めてだ。高熱を出したときだって、どこか飄々《ひょうひょう》としていたというのに、今は余裕などあったものじゃない。

そのとき、大和は咄嗟に思った。

――なんとかしたい、と。

「大丈夫だよ、白瀬」

優しく落ち着かせるように声をかけると、聖良が僅かに顔を上げる。

ひどく怯《おび》えたような、見たこともない顔をしていた。

「なにが、大丈夫なの……？」

「今の医療技術はすごいんだ。ちゃんと病院に運ばれたなら、きっと大丈夫だよ」

これはただの気休めだ。けれど、気休めだけで終わるつもりはない。

ゆえに、大和は手を差し出す。

「そんなに心配なら、見に行けばいい。俺も一緒に行くから、道には迷わないはずだ」

「でも……」

「病院の名前は聞いたか？」

こくり、と聖良は小さく頷《うなず》く。

「なら、さっそく準備だ。俺はタクシーを呼んでおくから、白瀬はその間に制服に着替えておくといい。お見舞いに体操服で行くわけにもいかないからな」

「……わかった」

大和の手を取って、聖良は立ち上がる。

ふらふらとしながらも駆けていく聖良の背を見送ってから、大和はスマホを操作しながら、自分の荷物を取りに向かう。

（——こういうときこそ、しっかりするんだ。絶対に、ビビったりしないぞ！）

本当は、大丈夫なんて保証はどこにもない。

それどころか、そういった話を聞かされたことで、気を抜けば足がガクガクと震え出しそうだった。

けれど、今だけは気持ちを強く持とうと、大和は全力で気張ってみせる。

困っている聖良のためなら、大和はなんだってやる覚悟ができているのだった。

八話　サマーレイン・エスケープ

タクシーは呼び出してから十分ほどで、校門の前に到着した。

制服に着替えた大和《やまと》と聖良《せいら》はすぐに乗り込み、タクシーは都内にある大型病院へ向けて出発する。

実はタクシーを待つ間に、大和は担任に対して自分が聖良に同行する旨《むね》を伝え、芽衣《めい》や瑛太《えいた》にも事情をかいつまんで説明し、自分と聖良が学校を抜けることを話しておいた。

二人とも驚いてはいたものの、あとは任せるようにと背中を押してくれたので、今度改めて二人にはお礼を言わなければいけないと思った。

タクシーの車内では、大和と聖良は会話を交わさなかったが、しばらくして、窓の外を眺めていた聖良が一言呟《つぶや》く。

「雨……」

その言葉通り、先ほどまで晴天だったはずの空には一面に雨雲が広がり、窓をぽつぽつと鳴らす程度に雨が降り始めた。

そしてタイミング悪く、タクシーが渋滞に入ったようだ。スマホで調べてみると、何キロか渋滞は続いているらしい。

「すみません、ここで降ります」

大和はそう告げて、財布から千円札を二枚引っ張り出した。

お釣りを受け取ってから、伏し目がちになっていた聖良の手を握る。

「これなら電車の方が早い。少し濡《ぬ》れるかもしれないけど、いいよな？」

「うん」

二人でタクシーを降りてから、駅の方へ小走りで向かう。

そこで、雨が勢いをさらに増した。最寄りの駅まではそれなりに距離があるというのに、タイミングが悪いことこの上ない。

どこかで傘を買おうにも、近くにコンビニなどは見当たらず、結局駅まで濡れながら走った。

なんとか駅に着いたところで、二人ともタオルを使って水気を拭き取る。

「びしょびしょ……」

しっとりとした前髪をかき上げながら、聖良がぼやくように言う。

ブラウスが濡れているせいで、ピンク色のキャミソールが透けていた。こんなときにもドキドキしてしまうことに、大和は罪悪感を覚えながら、必死に顔を背ける。

「ちゃんとタオルで拭いた方がいいぞ。また風邪を引いたら困るだろ」

邪念を振り払ってから大和が言うと、聖良は視線を向けてきて、

「ぷっ」

その途端、聖良は吹き出すようにして笑った。

何がおかしいのかわからずに大和が困惑していると、聖良が手鏡を差し出してくる。

そこに映っているぺったり髪の顔を見て、大和はすぐに赤面した。

「なっ……笑うなよ！　白瀬《しらせ》だって、髪がぺったりしてるじゃないか！」

「ふふ、だって……私はほら、水も滴《したた》るなんとやらってやつだし」

「自分で言うのかよ……」

大和は呆《あき》れる素振りを見せつつ、聖良が笑ってくれたことが嬉《うれ》しくて、つい口元がニヤつきそうになるのを我慢していた。

「……ありがとね、連れ出してくれて」

唐突に聖良が感謝の言葉を伝えてきたので、大和は反応に困ってしまう。

「いつもは立場が逆だけど、たまには男らしいところを見せないとな」

だからこそ、そんなひねくれた返答しかできなかったが、それでも聖良は嬉しそうに微《ほほ》

笑《え》んだ。

「うん、すごく男らしかったよ。やっぱり大和はかっこいいね」

恥じらうことなく堂々と聖良が言うものだから、大和は一方的に照れさせられてしまう。

「も、もうわかったから。そろそろ電車が来るし、行くぞ」

「うん」

改札を抜けてホームに出ると、電車が到着していた。

ひと気のない車内に乗り込み、並んで椅子に座る。

すると、間もなくして電車は発車した。

窓を叩《たた》く雨音がうるさい。それほどまでに、雨脚は勢いを強めていた。

「体育祭、中断してるかもね」

そこで聖良が口を開いた。

窓の外を眺めながら、視線はどこか虚《うつ》ろだ。

「かもな。でもこの感じだとにわか雨だろうし、多分すぐに止《や》むんじゃないか？」

「グラウンドはやばそうだけど」

「それはそれで、やりようはあるだろ。泥まみれの体育祭だって、見る側は面白いんじゃないか？」

いた。

「なにそれ、大和っぽくない」

ネガティブな意見ばかりを言う聖良の方がらしくないと思ったが、大和は言わないでお
「そうか？　これでも最近は、案外ポジティブになってきてるんだぞ」

「……そうかもね」

「だろ」

聖良は窓から視線を外さないまま、小さくため息をつく。

「おじいちゃん、大丈夫かな」

そして、ぽつりと呟くように口にした。

憂うような聖良の横顔に対し、大和は優しく微笑んで告げる。

「大丈夫だよ、きっと。今は信じよう」

「うん。……姉さんってば、あれから全然電話に出ないし」

「学校に電話をかけてきたのは、お姉さんだったのか？」

「そうだよ。私のスマホに何度か電話をくれてたみたいなんだけど、体育祭中だったから気づかなくて」

スマホを体操服のポケットに入れたままの女子生徒は割と見かけるが、聖良は持ち運び

をしないタイプらしい。であれば、電話の着信に気づかないのも仕方がないだろう。

「詳しいことは何も聞いてないのか？」

「うん。姉さんは今海外にいるらしくて、おじいちゃんのことも親づてに聞いたんだって」

海外にいる姉には教えて、聖良には連絡一つしないとは。聖良と両親の関係はよほど複雑化しているようだ。

とはいえ、今はその問題に触れるべきタイミングではないだろう。

そのとき、聖良の指先が小刻みに震えていることに気がついた。

身体《からだ》が冷えたせいか、それとも不安な気持ちゆえか。

どちらにせよ、このままにはしておけない。大和は自分の手を、聖良の手に重ねた。

「落ち着く」

聖良はそう言ってから両目を瞑《つぶ》る。

彼女の震えは収まったようだが、しばらくそのまま手を重ねることにした。

それから十分ほど電車に揺られたところで、目的の駅に到着した。

駅の外に出ると、雨はすっかり勢いを弱めていて。

聖良のおじいさんが運ばれたという病院はここから近い場所にあり、スマホの地図アプリを頼りに、大和が先導して向かう。

歩いて数分で、立派な大学病院が見えてきた。あそこで間違いない。

都内で有数の病院だけあって、院内を歩くだけでも一苦労しそうなほどの規模である。

院内に入ると、さっそく受付で聖良が祖父の名前を伝え、病室が三〇五号室であることを確認した。

先を歩き出した聖良が別の病棟に行きかけたので、大和は慌ててその手を摑《つか》む。

「こっちだよ。俺が案内するから、付いてきてくれ」

「わかった」

大人しく付いてくる聖良はなんだか新鮮である。

エレベーターで三階に上がり、廊下の先に三〇五号室の名札が見えたところで、病室の戸が開いた。

出てきたのは、スーツ姿の男性だった。四十代前半辺りだろうか。長身でどこか品があり、厳格な表情をしているが、色気すら感じさせるほど整った顔立ちをしている。

その男性を見た大和は、一目で聖良の父親だと思った。顔立ちこそ似てはいないが、浮世離れしたような独特の雰囲気を纏《まと》っているところが、彼女との共通点だと感じたのだ。

まさかこのタイミングで対面することになるとは思っていなかったので、大和は動揺するあまり、顔が引き攣《ひ》《つ》った。

思わず聖良の手を離してしまったが、今さら歩みを止めるわけにはいかない。

ちらと聖良の方を見ると、すぐ後ろをぴったりと付いてきていた。

その間にも、相手との距離は縮まっていく。

あちらもすでに大和と聖良を視認している。近づくにつれて、心なしかその顔つきが険しくなった気がして、大和は肝が冷えるような思いだった。

そのまま双方は距離を詰め、すれ違う間際《まぎわ》――男性は聖良に一瞥《いちべつ》もくれず、代わりに大和に対して軽く会釈《えしゃく》をしてきた。

反射的に大和も会釈を返すと、男性はそのまま去っていった。

病室の前に着いたところで、聖良はふぅと息をついて肩の力を抜く。

「白瀬、今のって」

「うん、父親。……来てたんだ」

怒っているような、落ち込んでいるような、とにかく聖良は複雑な表情をしていた。

それでも気持ちを切り替えるように、顔を引き締める。

「じゃ、入るね」

そう言った聖良は、大和の手を握ってくる。

「俺も一緒でいいのか？」

「一緒に来てほしい。お願い」

僅かに声を震わせる聖良に対して、大和は大きく頷《うなず》いてみせる。

すると、聖良は引き戸の取っ手を摑んで開く。

病室に入ると、窓際《まどぎわ》に置かれたベッドに人影が見えた。

近づいていくと、ベッドには画像で見た通りの優しそうな老人が横たわっていて――

「おぉ、聖良じゃないか」

その老人――聖良の祖父は、予想外に元気な声をかけてくる。渋くも穏やかな声色と、優しそうな表情をしていて、先ほど会った聖良の父親とは受ける印象が正反対である。

右手にはギプスがはめられているので、骨折をしているのかもしれない。

「おじいちゃん……倒れたって聞いたから、心配したんだよ」

ホッと安堵《あんど》したように聖良は言うと、シーツに顔を沈めた。

「それは悪かったね。うっかり、階段で転んでしまって。おじいちゃんはこの通り、元気いっぱいだよ」

聖良の祖父は穏やかに言いながら、聖良の頭を優しく撫《な》でる。

それから、大和の方に顔を向けてきた。

「そちらさんは？」

「あ、えっと、白瀬――聖良さんのクラスメイトの、倉木《くらき》大和です」

見舞いの品を買い忘れたことに今さら気づいて、大和はあたふたとしてしまう。

何やら聖良の祖父が目を細めたところで、聖良が顔を上げる。

「私の友達。いつも一緒にいるの」

「ふむ、友達とな」

なおも聖良の祖父は目を細めながら、大和の全身を隈《くま》なく見続ける。

その最中、大和は呼吸が止まりそうになっていた。自分の価値を見定められているような気がして、妙に落ち着かないのだ。

とはいえ、こちらから何か言わないといけないと思い、気力を振り絞る。

「あの、聖良さんのおじいさんが倒れたとの話を伺いまして、お節介ではあったと思うのですが、俺――いや僕も、聖良さんにご同行させていただきまして……」

自分で何を言っているのかもわからずに混乱しながら、大和は冷や汗をダラダラと流して口を動かした。

「ふっふっふ」

すると、聖良の祖父が突如笑い出した。

穏やかに、けれどとても喜んでいるのが見てわかる。

困惑した大和が聖良の方を見ると、聖良もふっと微笑《ほほえ》んだ。

（いや、二人とも何を考えてるのかわからないって！）

そんな風に心の中でだけ叫んでいると、聖良の祖父は笑い終えて頷き出す。

「聖良の友達に会うのは二度目だね。でも、まさか男の子を連れてくるとは。——倉木くん、と言ったかな。君はいずれ、聖良とお付き合いをする予定なのかね？」

「はい⁉ いや、そんな恐れ多いことは考えてませんって！」

いきなり踏み入ったことを尋ねられたが、大和は即座に否定する。

そこで聖良が小さくため息をついてから、二人ぶんの椅子を用意して片方に腰掛けた。

「おじいちゃん、あんまり大和をからかわないで。友達だって、言ったでしょ」

こういうときにも淡々と話すのは、聖良らしいといえばらしい。しかし、その表情はどこか冷たくて、聖良の祖父もまずいと思ったのか、咳払《せきばら》いをする。

「そうだね、急《せ》いては事を仕損じると言うし。倉木くんもどうか座ってほしい」

なんとか難を逃れたことに、大和は安堵しながら椅子に座る。

「ともあれ、孫が学校を楽しんでいるようでよかった。それも倉木くんのおかげだろうね。

どうもありがとう」

頭を下げてお礼まで言われたので、大和も慌てて頭を下げる。

「こちらこそ、聖良さんのおかげでいつも楽しく過ごさせていただいています」

「今日は学校で体育祭があったのだろう？　それなのに、君まで抜けさせてしまってすまなかったね」

「いえ。困っている聖良さんを放って参加し続けるなんて、俺にはできませんから」

大和が即答したことで、聖良の祖父は一瞬だけ目を丸くしたが、すぐさま優しい笑みを浮かべる。

「君は良《い》い青年だね」

「はは……そう言っていただけて、嬉《うれ》しいです」

恐縮する大和を見て、聖良の祖父は嬉しそうに笑みを深めた。

「ねぇ、遊園地はどうだった？」

そこで聖良がさらりと尋ねた。

すると、聖良の祖父は窓の外を眺めながら寂しそうな顔をする。

「もうほとんどの遊具が撤去された後で、がらんとしていたよ。それでも、一目見られてよかったけれどね」

田舎暮らしの聖良の祖父がわざわざ都内に顔を出したのは、撤去作業中の屋上遊園地の様子を見るためだったらしい。

長年の思い出が詰まった場所がなくなるというのは、どういう感覚なのか。それはまだ、大和にはわかりそうになかった。

「観覧車、大和と乗ったんだよ。おじいちゃんが言った通り、すごくきれいな景色が見られた」

躊躇《ちゅうちょ》なく聖良が思い出を語るものだから、大和はまたあらぬ疑いをかけられるかもしれないと思い、ヒヤヒヤしてしまう。

ところが、聖良の祖父は再び嬉しそうに笑みを浮かべて、うんうんと頷いた。

「それはよかった。聖良が大きくなるまで続けられなかったことが、唯一の心残りだったからね」

「ふふ、祖父孝行でしょ」

「ああ、聖良は自慢の孫だよ」

微笑み合う二人を見て、大和はほっこりした気分を味わっていた。

やはり聖良はおじいちゃん子なのだということを、特に実感できた気がする。

「ごめん、ちょっと席外す。ついでになんか買ってくるよ」

唐突に聖良はそう言って席を立つ。

「えっ、それなら俺が――」

「いいから。大和は座ってて」

そう言い残して、聖良は本当に病室を出て行ってしまった。

「え―……」

思わず扉側を見つめて固まる大和だったが、聖良の祖父が咳払いをしたことで向き直る。

「倉木くん。あの子は、学校ではどうなのかな？」

優しい笑みを浮かべながら聖良の祖父が尋ねてきたので、大和は気持ちを落ち着かせて答える。

「みんなの憧れ、って感じですかね。自由人ですし、あんまり俺以外とは話さないんですけど。……あ、でも最近は、割と周りに馴染《なじ》んできているかもしれません」

「ふむ、そうなんだね。ありがとう」

「いえ」

「あの子が君をどれだけ大切に想《おも》っているのか、それはすぐにわかったよ。君もあの子を大切に想ってくれているみたいで嬉しい限りだ」

心底満足そうな笑顔で言われて、大和は涙腺を刺激されるような気がした。

「俺にとって聖良さんは、恩人みたいなものですから。もちろん、友達でもありますけど」

「恩人、か。また変わった見方をするね」

確かに変わっているかもしれないが、これが大和の正直な見方である。

「あの、俺からも質問していいですか？」

「なんだい？」

「先ほど、聖良さんの友達に会うのは二度目とおっしゃっていましたが、一度目はどんな人だったのか気になって」

先ほどは話の流れ上、聞きそびれてしまったが、実はずっと気になっていたことである。

相手は女の子らしいので、大和は勝手に芽衣のような相手を想像していた。

「ああ、そのことだね。聖良は女子校に通っていたんだが、よく一緒にいた子がいてね。女の子らしい、可愛《かわい》らしい子だったよ。名前はたしか、椿《つばき》さんと言ったかな」

「そうですか。ありがとうございます」

では、その椿という女の子と聖良の関係は今どうなっているのか。とても気になったが、それは聖良本人に訊《き》くべきだと思った。

「そういえば、倉木くんは」

そこで聖良の祖父は、表情を少々険しくして続ける。

「あの子の父親とは会ったかな？　つい先ほどまで、この場にいたのだけど」

やはり、聖良と父親の関係はどうにも複雑なものらしい。話すのも心苦しそうだ。

「先ほど、病室の前でお会いしました。と言っても、軽く会釈《えしゃく》をしただけですが」

「ふむ。まだやはり、すれ違ったままか」

すれ違い、という表現は正しい気がした。病室の前で顔を合わせた二人は、明らかに意思疎通ができていないように思えたからだ。

「聖良さんから、一人暮らしをしている理由はそれとなく聞きました。でも、お父さんとのことはあまり詳しく聞いていなくて」

「あの子が家を出た――というより、父親との関係が悪くなったのは、僕のせいでもあるんだよ」

「そうなんですか？」

「あの遊園地は、聖良にとっても大切な場所だったみたいだからね。僕の力不足で、ああいう形で終わることになってしまったが、タイミングがよくなかった」

「お姉さん――礼香《れいか》さんは言っていました。聖良さんは、心の拠《よ》り所《どころ》を失ったから道を踏み外したんだって。でも、タイミングがよくなかったって、どういうことですか？」

「うむ……」

聖良の祖父は思い悩んだ様子で俯《うつむ》いてしまう。

少し踏み入りすぎたかと大和は思ったが、

「思い返せば、あの子はあの時期、他にもいろいろと悩みを抱えているように見えた。それがなんなのかは、僕も直接聞いたわけじゃないから明言はできないけれどね」

当時が習い事漬けの毎日だったというのは、聖良から聞いている。日々のフラストレーションが積み重なっていく中で、心の拠り所だった遊園地が閉園になるという話が持ち上がったために、聖良は嫌気が差したのではないかと大和は考えていた。

けれど、それ以外にも何か思い悩むようなことがあったりしたのだろうか。

「それって――」

――ガララッ。

と、大和が尋ねようとしたところで、聖良が戻ってきた。

その手には三個入りのヨーグルトと、紅茶の缶を一本抱えている。

「はい、これ」

そう言って大和に紅茶の缶を手渡してから、ヨーグルトを一個ずつ配る。

「えっと、ありがとう」

「二人でなにを話してたの？」

ギクッとした大和に対し、すかさず聖良の祖父が目配せをしてくる。

つまり、先ほどの話は聖良に黙っておこうというわけだ。

「学校のことを、倉木くんに聞いていたんだよ」

「そうそう、近況報告的な」

聖良の祖父の言葉に、すぐさま大和も同調してみせる。

すると、聖良はすんなりと信じた様子で「へー」と答える。

「もしかして私、邪魔しちゃった？」

「い、いや、そんなことないって。――ですよね？」

ぎこちない笑顔で大和が同調を求めると、聖良の祖父はうんうんと頷《うなず》いてみせる。

「その通りだよ。倉木くんはやはり良い青年だね」

「二人とも変なの。まあ、べつにいいけど」

ふぅ、とひとまず大和は脱力する。

それから微妙な空気の中、三人ともヨーグルトを食べ進めて。大和と聖良が食べ終わったところで、聖良が再び席を立つ。

「それじゃ、そろそろ行こっか。体育祭、まだ間に合うかもしれないし」

「あ、ああ、そうだな」

「うむ、わざわざすまなかったね」

聖良の祖父は優しく微笑《ほほえ》みながら、聖良に頷きかける。

「ゆっくりできなくてごめんね、おじいちゃん。また今度、会いに行くから」

「ああ。倉木くんも、今度は一緒に遊びにくるといい。——それと、孫娘のことを頼んだよ」

「えっと、はい。それでは、失礼します」

大和は一礼し、聖良とともに病室を出る。

出る間際《まぎわ》、聖良の祖父が寂しそうな顔をしていたのが印象に残った。

半分ほど飲んだ紅茶を大和が手に余らせていると、聖良がそれをひょいと取って、

「喉渇いたから、貰《もら》うね」

と言って、ゴクゴクと飲み干した。

相変わらず聖良は間接キスをすることに抵抗がないようだが、見ている大和はドキドキしてしまう。

聖良は空になった缶を近くのゴミ箱に捨ててから、くるりと向き直ってくる。

「今日はほんとにありがとね。おじいちゃんも、大和に会えて嬉しそうだった」

「どういたしまして。おじいさんが無事で良かったし、俺も会えて嬉《うれ》しかったよ」

「もう今からだと多分、閉会式には間に合わないけど、どうする？　サボる？」

いたずらっ子のような笑みを浮かべて聖良が尋ねてくる。

祖父の前では安心させるために参加すると言ったのだろう。本当はサボる気満々だったようだが。

大和は呆《あき》れながらも、首を左右に振ってみせた。

「間に合うなら片付けは手伝いたいし、多分その後にクラスとか、応援団の打ち上げがあるから戻ろう」

「そっか。わかった」

渋々納得した様子で、聖良は先を歩き始める。

ある程度は迷うことを覚悟しながら、大和は後に続いた。

病院を出ると、空はすっかり晴れていて。

夕日が辺り一面をオレンジ色に染めていた。水たまりに反射して、とても幻想的な光景が広がっている。

ゆっくりと駅まで歩いて、戻りの電車に乗り込む。

行きと同じでひと気はなく、空いている椅子に並んで座った。

電車が発車してから、しばらく無言で揺られ続ける。

今から戻ることを瑛太や芽衣にメッセで伝えてから、大和は口を開く。

「おじいさん、元気そうでよかったな」

「うん」

「穏やかというか、優しい人って感じがしたよ」

「うん」

「それと、白瀬のことを大事に思っているのが伝わってきた」

「ん……」

「そういえば、白瀬は――」

そのとき、肩にふわっとした感触が伝わった。

聖良が寄りかかってきたのだ。

大和の肩に頭を預けて、どうやら眠ってしまったらしい。

窓から差し込む西日を浴びて、すやすやと眠るその寝顔はとても愛らしくて。

肩から伝わる彼女の体温が心地よく、無防備にその身を委ねられていることがこそばゆかった。

今の状況に大和はドキドキしていたが、なぜだか安心もしていた。矛盾しているようだが、そんな気分を味わっていた。

「聖女にも、休息は必要だよな」

そんな独り言をこぼしながら、日を浴びて輝く彼女の髪をさらりと撫《な》でた。

◇

「白瀬、着いたぞ」

電車が学校の最寄り駅に到着したので、大和は聖良の肩を揺さぶって声をかける。

「ん～……」

寝ぼけ眼をこすりながら、聖良は起きるかと思いきや、

「もうちょい……」

「ダメだって！　起きろ、ドアが閉まるぞ！」

勢いよく大和が立ち上がると、支えを失った聖良はビクッと身体《からだ》を震わせて目覚めた。

そのまま大和は聖良の手を引いて、なんとか電車の外に出る。

「……目覚め、最悪」

「仕方ないだろ、白瀬がいつまで経《た》っても起きないんだから」

「うん、起きた」

ようやく覚醒したらしい聖良は、すっかりいつもの調子である。

時間的には、体育祭の閉会式が終わって解散している頃合いだ。大和は再び芽衣や瑛太に連絡を取ろうと思い、スマホを取り出してメッセを作成する。

「送信、と。——白瀬も、打ち上げがあったら行くだろ？」

「大和が行くなら。打ち上げって、クラスのやつ？」

「ああ。というか、応援団の方も聞いておかなくちゃな」

会話をしながら学校の方へ向かっていると、スマホがメッセの着信を報《しら》せた。

「あ、ストップ」

「いたっ」

急に大和が立ち止まるものだから、そのすぐ後ろを歩いていた聖良が背中にぶつかった。

「悪い」

「いいけど、どうかしたの？」

「ちょっとメッセを確認する」

メッセの差出人は芽衣であった。

『打ち上げ会場は駅前のイタリアールだよ！　もうみんな移動してまーす！　応援団の打ち上げは、また後日にやるみたい』

「クラスの打ち上げは、駅前のイタリアールって店でやるらしい。応援団の方の打ち上げは、また後日だとさ」

「そ。じゃあ、このまま向かう感じ？」

「ああ、ついてきてくれ」

そうして現地に到着したものの、まだクラスメイトの姿はなかった。

それから数分ほどして。駅周辺にちらほらと青崎《あおさき》高校の生徒の姿が見え始めたところで、芽衣や瑛太たちのグループがやってきた。

「おつかれさま～」

笑顔で駆け寄ってきた芽衣に対し、大和は頭を下げる。

「今日はいきなり抜け出してごめん。まだ大縄とかが残ってたのに、迷惑をかけました」

「全然いいって、気にしないで」

そこで追いついてきた瑛太が、Ｖサインとともにドヤ顔で結果報告をしてくる。

「そうだぞー、気にすんなって。大縄は二位だったけど、総合得点ではしっかり学年一位だったからな！　ちなみに、応援合戦も赤組の勝利だったぞ」

「すごいな、やっぱり後半の競技に俺が参加しなかったからか。応援合戦の結果は納得だけど」

「なーに言ってんだ。倉木だって実行委員の大縄しごきに付き合ったわけだし、どうせ結果は優勝だったって」

陽気な笑顔でそう言った瑛太は、取り巻きの生徒たちとともに店内に入っていく。

その辺りで他のクラスメイトたちも合流して、全員で店に入った。

それから実行委員の男子による乾杯の掛け声とともに、クラスの打ち上げが始まる。

多種多様なイタリア料理がテーブルに並んでおり、立食形式なので、皆が移動をしながら楽しんで食事をしていた。

「環《たまき》さん」

打ち上げの開始直後、聖良が芽衣に声をかけた。

芽衣は明らかに緊張した様子で「はいっ」と反応すると、聖良は優しく微笑んで言う。

「環さんがいっぱい動いてくれたって、大和から聞いた。ほんとにごめん。ていうか、ありがと」

「そ、そんなことないよ。わたしの方こそ、応援団に参加してくれて、今日打ち上げにも来てくれて、本当にありがとうっていうか……」

そこで感極まった芽衣が涙を流し始めた。

「あれ、おかしいな。ごめんね、なんか嬉しくて……」

「えっ、環さん？」

すぐさま聖良はハンカチを取り出して、芽衣に手渡す。

「これ、使って」

「えぇ～、使えないよぅ」

「そっか」

聖良は返されたハンカチで、芽衣の目元を優しく拭ってみせる。

すると、芽衣は顔を真っ赤にして固まったかと思えば、そのままロボットのような動作で大和の方に近づいてきて、ぽこぽこと肩を叩《たた》いてきた。

「し、幸せぇ～っ」

「あはは、それはよかった……」

周囲の男子からの視線が痛い。明らかに嫉妬されている。クラスの美少女たちに囲まれているので、それも当然かもしれないが。

さらには、意外にも他の女子たちまで大和のもとに集まってきた。

どうやら体育祭を抜け出した件について、いろいろと聞きたいらしく、キャーキャーと興奮ぎみに根掘り葉掘り尋ねてくる。

新学期早々に質問攻めを受けていた頃を思い出すが、その頃と違うのは、相手に悪意がないことである。

そんな状況のせいで、ますます男子たちからの視線が痛く突き刺さってきて。

助けを求めるつもりで芽衣の方を向いたが、今は聖良と話すことに夢中の様子。そして聖良はといえば、芽衣と話しつつ、ジト目をこちらに向けてきていた。

そのため、最終手段として瑛太の方を見遣《みや》ると、まるで親鳥が雛鳥《ひなどり》の巣立ちを見るかのように感動した表情で、グーサインを向けてきた。

(誰も頼りにはならないか……)

助けの介入を諦めた大和は、女子たちの相手をする覚悟を決めたのだった。

クラスの打ち上げはしばらく続き、二時間ほどが経ったところで解散となった。

外に出ると、すっかり日は沈んでいて。

その場で聖良とも別れることになったが、別《わか》れ際《ぎわ》に何か気になった様子で尋ねてくる。

「そういえば、大和は応援団の打ち上げにも参加するの？」

「ああ、一応するつもりだよ」

「そっか。なら、私も参加するから」

淡々とそう言って、聖良は去っていった。

大和がいるからとはいえ、聖良が他者との交流を積極的に行うようになったことは、進歩といえるのかもしれない。クラス替えの直後では考えられなかったことだ。

ただ、そのことを大和は素直に喜べずにいた。

最初は自分だけが彼女と関わることができていたというのに、今は他人にもいろんな表情を見せ始めている。それは良《い》いことであるはずなのだが、胸の辺りがモヤモヤとするのだ。

（独占したいなんて、おこがましいのにな）

どうにも自分が醜い奴《やつ》に思えて、もどかしい気持ちになる。

「はぁ」

ため息をついて見上げた夜空は、大和のそんな気持ちとは対照的に、呆《あき》れるくらいに澄み渡っていた。

エピローグ　聖女さんと打ち上げ

体育祭から数日が経つと、校内の雰囲気はすっかり落ち着きを取り戻した。

梅雨入りしたことで雨が降る頻度が高くなり、期末テストの存在を少しずつ意識し出す頃合いだ。

その日も昼休みに入ったところで小雨《こさめ》が降り始めたので、大和《やまと》と聖良《せいら》は屋上前の踊り場で昼食をとっていた。

「最近、ずっと雨が降ってる気がするな」

「うん。外で食べられないのは残念だよね」

雨音に耳を澄ませながら、聖良が残念そうに菓子パンを頬張る。

スマホを確認した大和は、ふぅとため息をついた。

「そういえば、今日は応援団の打ち上げがあるんだった」

「あー、結局やるんだ」

「もう体育祭自体、結構前の出来事って感じがするから、正直どういう顔をして参加すればいいのかわからないよな」

「サボっちゃう？」

「いや、もうお金は払ったし、環《たまき》さんにも悪いから参加しよう」

参加費二千円の出費を無駄にする気にはなれない。大和としては、せめて食事で元を取るつもりである。……もちろん、芽衣への義理立てをしたいというのも本心だが。

「そんなに金欠なら、バイトをするのもアリかもね。これから夏休みだし」

「夏休みって、気が早すぎるだろ。まだ六月の半ばだぞ？　それに、バイトは親が反対しそうなんだよな」

「んー、なんか夏っぽいことがしたいなー」

「ほんとにマイペースだよな、白瀬《しらせ》は」

呆れながら大和が言うと、パンを食べ終わったらしい聖良がごろんと横になる。

「ダメかな？」

「その体勢で言われると、すごくダメな奴に見える」

「べつにダメでもいい気分～」

言いながら聖良はゴロゴロと床を転がり、大和にぶつかったところで動きを止める。

こちらを見上げる聖良の顔が間近にあって、気恥ずかしくなった大和は視線を逸《そ》らした。

「子供かよ。制服に埃《ほこり》が付くぞ」

「それは困るかも。払ってよ」

聖良はむくりと身体《からだ》を起こし、うっすらと背中を向けてくる。

ブラウスの背が透けて、オレンジ色のキャミソールが見えていた。大和はドキドキしながらも、その背に軽く触れる。

「取れた？」

「……取れたよ。思っていたよりも、汚れていなかったからさ」

照れる大和を見て、聖良は察した様子で言う。

「ていうか、ごめん。こういうのも、変な気持ちになっちゃうんだよね」

まさにその通りなわけだが、それを素直に認める気にはなれず。

「さ、最近は、これぐらいなら平気になってきたぞ」

「へー、慣れたってこと？」

「かもな」

本当は全く慣れてなどいなかったが、大和は半ば意地になって答えていた。

すると、聖良は嬉《うれ》しそうに微笑《ほほえ》んだ。

「それはよかった」

その笑みを見ると、妙に落ち着かない気持ちにさせられる。

やはり大和は、聖良相手にドキドキせずにいられる自信はないのだった。


放課後を迎え。

両応援団の合同打ち上げは現地集合ということで、駅前にあるもんじゃ&お好み焼き店に大和たちは来ていた。

店内に入るなり、三年生の指示の下、男女別で席を分けて座ることになった。

大和の周囲には話したことのない男子ばかりが座っていて、とても気まずい。

だが、そこに白組団長の高尾《たかお》が加わったことで、大和はなんとか乗り切る覚悟を決めることができた。

聖良の方も他クラスや他学年の女子に囲まれて、浮いているのが遠目に見てもわかる。

と、そこで聖良と目が合い、小さく手を振られた。

思わず大和も手を振り返したところで、隣の三年男子に小突かれる。

「堂々とイチャつきやがって、羨ましいなこの野郎」

「そ、そんなんじゃないですって」

「さすがにそれは無理があるよなー」

目の前に座っている同学年の男子が冷やかすように言うと、周囲は同調するように頷《うなず》き出す。

さっそく面倒な空気になったなと思い、大和は頭を抱えたくなったが、

「じゃ、そろそろ始めますか！」

高尾が立ち上がったことで、皆の注目はそちらに向いた。

「高尾くーん、気の利《き》いたやつをおねがーい」

女子側の席から、赤組団長の柳《やなぎ》が煽《あお》りを入れる。すると、高尾は「任せろ！」と威勢よく話し始めた。

「みんな、今回の体育祭は本当に盛り上がったよな！　これも一致団結したオレたち応援団と、運営を頑張ってくれた体育祭実行委員のみんな、競技を頑張った全校生徒、サポートをしてくださった教員の方々、地域にお住まいの方々や保護者の皆さまのご理解ご協力があって――」

「高尾くん長ーい」

柳のツッコミが入ったことで、周囲からどっと笑いが起こる。

至って真面目だったらしい高尾は赤面しており、咳払《せきばら》いをしてから改まって言う。

「──つまり、みんな頑張った！　お疲れさま、乾杯ッ！」

「「「「カンパーイ！」」」」

そうして、応援団の打ち上げパーティーが始まった。

結局、『気の利いたやつ』という柳のオーダーには応えられなかった高尾だが、おかげで店内には和気あいあいとした雰囲気ができていた。

そんな和やかな雰囲気のおかげもあってか、しばらくは聖良との関係をいじられることもなかったのだが、

「えっ、高尾先輩フラれたんすか⁉」

男子側の空気が変わったのは、一年男子が素っ頓狂な声を上げてからだ。

高尾はもんじゃをガツガツと食べながら、何食わぬ顔で答える。

「おう。片付けが終わったときに告ったんだが、駄目だった。勉強に集中したいんだと」

どうやら相手は柳らしい。お似合いカップルだという声も上がるほどだったので、周囲は皆びっくりだ。

そしてそこから、話題は恋愛関連にシフトチェンジする。

誰と誰が付き合っただの、破局しただのと沸き立つ中、一人の男子が口を開く。

「実はおれ、体育祭の日に聖女さんに告白したんですけど、普通に断られました」

そう言ったのは、二年生の男子だ。どうやら聖良は、体育祭の当日にも告白されていたらしい。そんな話は聞いていなかったので、大和にとっては寝耳に水だった。

そこから再び、話題が大和に向かう。

憶測や冷やかしが飛び交う中で、受け流し続けるのはとにかく辛《つら》かった。

さらには、大和と聖良が体育祭を途中で抜けたことにまで言及されたところで、

「もういいだろ、本人が違うって言ってるんだから」

そこで声を上げたのは高尾だった。

もんじゃとお好み焼きを同時に頬張りながら、高尾は続ける。

「倉木《くらき》と白瀬さんは、オレたち両団長が応援団に参加してくれるよう頼んだんだ。せっかく参加してくれたのに、そういじってやるなよな」

豪快な食いっぷりの割に、高尾は落ち着いた意見を口にする。

その発言を機に、周囲は大人しくなった。

「あの、ありがとうございます」

大和がお礼を言うと、高尾はニカッと笑顔を向けてくる。

「いや、二人には本当に感謝してるんだって。オレたち三年生は最後の体育祭だったから、本気で盛り上げたいと思っていたしさ」

高尾の言葉を聞いた男子たちは涙ぐんで、他の話題に移り始める。

ひとまず落ち着いたところで、大和はトイレに行こうと席を立ったのだが、

「「あ」」

廊下に出たところで、聖良と出くわした。

「えっと、そっちはどうだ？」

楽しんでいるかという意味合いで尋ねたのだが、聖良は別の意味に捉えたようで、

「んー、微妙。食べ放題なのは良《い》いんだけど、女子だけだから焼くペースが遅くて。味は美味《おい》しいんだけどね」

「いや、食べ物の話じゃなくて」

呆《あき》れながら大和が言うと、聖良もやっと察したようだ。

「あー、そっちね。多分、大和の方と同じだと思う。みんな恋愛の話ばっかだし」

「俺の方は、高尾団長のおかげでなんとか切り抜けられたよ」

「こっちも、柳団長がフォローしてくれたよ。二人で事前に示し合わせてくれていたのかもしれないね」

柳と高尾の両団長は、そんな風に親密なコミュニケーションを取れているし、誰がどう見てもお似合いの二人である。しかし、それでも柳は高尾の告白を断ったのだという。

そのことが、大和には信じ難《がた》かった。柳にとって、受験勉強はそれほど大事だということだろうか。

柳は告白の件を女子側の席で話していないのか、聖良がその話題を切り出す素振りはない。

そのまま聖良は「じゃ、また後で」と言って、去っていった。

大和がトイレを済ませて戻ると、知らぬ間に大食い選手権が始まっていて。

強制的に参加することになった大和も、お好み焼きともんじゃをたらふく食べさせられて、男子はみんなダウン寸前というところで打ち上げは終了となった。

店の前で解散となり、皆が散り散りになり始めたところで、大和と聖良のもとに柳が近づいてきた。

「二人ともおつかれ。倉木くんとは席が遠かったから、そんなに話せなかったよね」

「あ、はい。おつかれさまです」

「倉木くんのおかげで、聖女こと白瀬ちゃんが応援団に参加してくれたよ。ほんとに、感謝してもしきれないって思ってる」

「いえ、そんな」

「謙遜しなくていいのに。やっぱり、持つべきものは縦と横の繋《つな》がりだよね」

うんうん、と嬉しそうに頷く柳。どうやらテンションが高めのようだ。

高尾から告白の件を聞いていなければ、まさか彼を振った後などとは、思いもしなかっただろう。

そんな大和の気まずい心情が、顔に出ていたのかもしれない。

何やら察したらしい柳は優しく微笑んでみせる。

「もしかして、聞いちゃったかな？　わたしが高尾くんを振ったこと」

「え」

柳のカミングアウトに、聖良は少なからず動揺してみせる。二人がそういう仲になることなど、微塵《みじん》も考えていなかったという反応だ。聖良らしいといえばらしいが。

「……はい。実はそのことが気になってて。勉強に集中するためとは聞いたんですが」

柳が自分から話してくれたので、大和も正直に答えた。

すると、柳は少し考え込むようにして口を開く。

「まあ、そうだよね。受験勉強だって、交際している二人で乗り切ったって話はいっぱいあるわけだし」

「はい」

「その辺りを、ぶっちゃけると」

柳は大和に近づいてきたかと思えば、耳元で囁《ささや》くように続ける。

「――友達のままでいた方が、楽かなって思ったんだよね、高尾くんとは」

身体《からだ》を離してから、「そんだけ」と柳は笑顔で言った。

つまり、勉強はこじつけの理由だったというわけだ。

「……そう、ですか。教えてくれて、ありがとうございました」

そういう考え方もあるのだと知って、大和は軽い衝撃を受けていた。

胸の辺りがざわついて仕方がない。目の前の先輩が、急に遠い人物になったように思えてならなかった。

柳の言葉は、かろうじて大和にだけ聞こえる程度の声量だったため、聖良は不思議そうに小首を傾《かし》げたままである。

「白瀬ちゃんには、なんか言いたくないから言わないね。悪いけど。倉木くんも教えちゃダメだぞ～」

柳はどこか冷やかすように言うと、「じゃ、おつかれ！」と告げて去っていった。

「なにそれ」

不満そうに聖良がジト目を向けてくる。大和は必死に顔を背けた。

「と、というわけだから、頼まれても教えられないぞ」

「べつにいいけど。そんなに興味ないし」

そう言う割には、ちらちらと大和の方を気にしている。

「いや、すごく気になってるだろ……」

「違うって。ただ、大和に隠し事をされるのが、なんかモヤッとするだけで」

予想外に可愛《かわい》いことを言われて、大和はつい話したい気分になってしまう。

しかし、ここで聖良に話せば、柳にバレた場合に何を言われるかわかったものじゃないので、心を鬼にして口をつぐむ。

すると、聖良は追及することを諦めたようで。

「ま、いいや。団長同士が付き合おうが別れようが、私には関係ないし」

「そうやって割り切れる辺り、白瀬はさすがだよな」

「それ、褒めてる？」

「一応は、褒めてるつもりだぞ」

「ならいい。帰ろっか」

すでに気持ちを切り替えた様子で、聖良は歩き始める。

「だな。もう暗いし、途中まで送っていくよ」

「ありがと」

そうしてしばらく歩いたところで、大和は思い返すように言う。

「これでようやく、体育祭も完全に終わったって感じだな」

「だね。長かったー」

「白瀬はその、どうだった？　楽しめたか？」

「楽しめたよ。いろんな人と関わらなきゃいけなかったから、面倒なときもあったけど」

「応援団にも参加したからな。俺まで参加することになったのは予想外だったけどさ」

「大和は楽しめた？」

ふいに顔を覗《のぞ》き込まれて、大和は慌てて視線を逸《そ》らす。

「……まあな。少なくとも、今までの体育祭の中では一番楽しかったよ」

「ふふ、ならよかった」

嬉《うれ》しそうに聖良は微笑《ほほえ》んで、隣に並び直す。

そこでふと、大和は気になっていたことを尋ねてみた。

「そういえばこの前、白瀬のおじいさんから、白瀬の友達について聞いたんだ。椿《つばき》さん、って人の話だ。その人とは、今も会ってるのか？」

唐突に大和が切り出したからか、聖良はぼんやりとした表情で答える。

「その話、聞いたんだ。確かにあの子とは時々話していたけど、友達っていうのとは違うかも。それに、高校に入ってからは会ってないよ」

「そ、そうか。会いたくなったりはしないのか？」

「べつに、会いたいとは思わないかな。嫌いってわけじゃないけど」

淡泊に、それでいてはっきりと、聖良は否定した。

その言葉通り、嫌っているわけではないのだろう。ただ、今会いたいと思っていないのも確かのようだ。ゆえに、これ以上の掘り下げはやめておこうと大和は思った。

「ならいいんだ。俺も少し気になっただけだし」

そのまましばらく夜道を歩いて、大通りに出たところで聖良が振り返る。

「ここでいいよ」

そう言って、小さく手を振る聖良。

「おう、またな」

「うん、バイバイ」

別れを告げてから、聖良は背を向けたかと思えば、

「あ、そうだ」

何やら思い出したように声を上げて、聖良は振り返ってきた。

「どうかしたか？」

「夏休みの予定、ちゃんと空けておいてね。いろいろとやりたいこともあるし」

そう言って、聖良はふっと微笑む。

つられるようにして、大和も笑って答える。

「だから、気が早すぎるって」

今度こそ聖良と別れて、見上げた夜空はとても広く思えた。

都会の夜空だというのに、夏の大三角らしき星々がうっすら見える気がして。

夏休みはまだ少し先だが、彼女があぁ言うのだから、案外遠いものじゃないのかもしれない。

そんな風にしみじみと思いながら、大和は歩き出した。

あとがき

お久しぶりです。初めての方は、初めまして。戸塚陸《とづかりく》です。

この度は、『放課後《ほうかご》の聖女《せいじょ》さんが尊《とうと》いだけじゃないことを俺《おれ》は知《し》っている』、二巻をお手に取ってくださり、誠にありがとうございます。

こうして二巻を出すことができたのも、応援してくださった皆様のおかげです。

今回は季節が夏になり、大和《やまと》と聖良《せいら》の気持ちにも少しずつ変化が生じていきます。取り巻く環境が変わっていく中で、さまざまな物事を経て、徐々に歩み寄っていく二人の関係性を見守っていただけたら幸いです。

また、夏特有の甘酸《あまず》っぱい感情や、二人の間に流れる独特な空気感なども楽しんでいただけると嬉《うれ》しいです。

そして今回のイラストも見どころであり、夏らしい爽やかな姿や、ちょっとした刺激的なシーンもたくさん描いていただいたので、ぜひ見ていただければと思います。作者も届いたイラストを見てドキドキしっぱなしでした。

それでは、最後に謝辞を。

担当編集者様、そしてこの作品の出版にかかわってくださった皆様、今回もありがとうございます。今後も精進していきますので、よろしくお願い致します。

イラストを担当してくださった、たくぽん様。今回も素敵で尊く、そしてとびきり爽やかなイラストをありがとうございます。今後ともよろしくお願い致します。

そして読者の皆様。一巻に引き続きの方も、二巻から本作を読んでくださった方も、誠にありがとうございます。心から感謝しております。今後もより楽しんでいただけるよう励みますので、どうぞよろしくお願い致します。

ここまで読んでくださって、ありがとうございました。

それではまた、次巻でお会いできることを願って。

二〇二一年九月　戸塚陸

お便りはこちらまで

〒一〇二-八一七七
ファンタジア文庫編集部気付
戸塚　陸（様）宛
たくぽん（様）宛

富士見ファンタジア文庫

放課後《ほうかご》の聖女《せいじょ》さんが尊《とうと》いだけじゃないことを俺《おれ》は知《し》っている2

令和３年10月20日　初版発行

著者――戸塚《とづか》 陸《りく》

発行者――青柳昌行

発　行――株式会社KADOKAWA
〒102-8177
東京都千代田区富士見2-13-3
0570-002-301（ナビダイヤル）

印刷所――株式会社暁印刷

製本所――本間製本株式会社

※定価はカバーに表示してあります。
●お問い合わせ
https://www.kadokawa.co.jp/（「お問い合わせ」へお進みください）
※内容によっては、お答えできない場合があります。
※サポートは日本国内のみとさせていただきます。
※Japanese text only

ISBN978-4-04-074333-2 C0193　◇◇◇

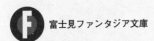

雨音恵
ILLUST
kakao
「一葉《ひとつば》さん、早く着替えないと遅刻するよ？」

「勇也《ゆうや》君が着替えさせてくれます？」

「はい⁉何言ってるの⁉」

「ぬーがーしーてー」

「わかった……ハミガキ終わったら脱ごうか」

「え⁉ え、いや、やっぱり…その…」

「ほら早く！」

「……勇也君⁉」

#同棲 #一緒にハミガキ #カップル通り越して夫婦 #糖度300%

I'm gonna live with you not because my parents left me their debt but because I like you

両親の借金を肩代わりしてもらう条件は

日本一可愛い女子高生と一緒に暮らすことでした。

I'm gonna live with you not because my parents
left me their
debt but because I like you

学校……じろじろ見ないで
【朗報】
俺の許嫁になった地味子、家では可愛いしかない。
ラブコメ
秘密の結婚生活！

ファンタジア文庫
甘えていい？
家
著者：氷高悠
イラスト：たん旦
親同士の約束で俺に嫁（3次元）ができた!?
相手は地味で目立たない同級生・綿苗結花。
「最近の推しは誰ですか!?」「遊くん…って呼んでもいい？」
趣味もピッタリ、意気投合。
しかも、慣れたら学校では想像できないほど大胆に！
彼女の素顔と、2人だけの生活は可愛さしかない!?
クラスのあの子と

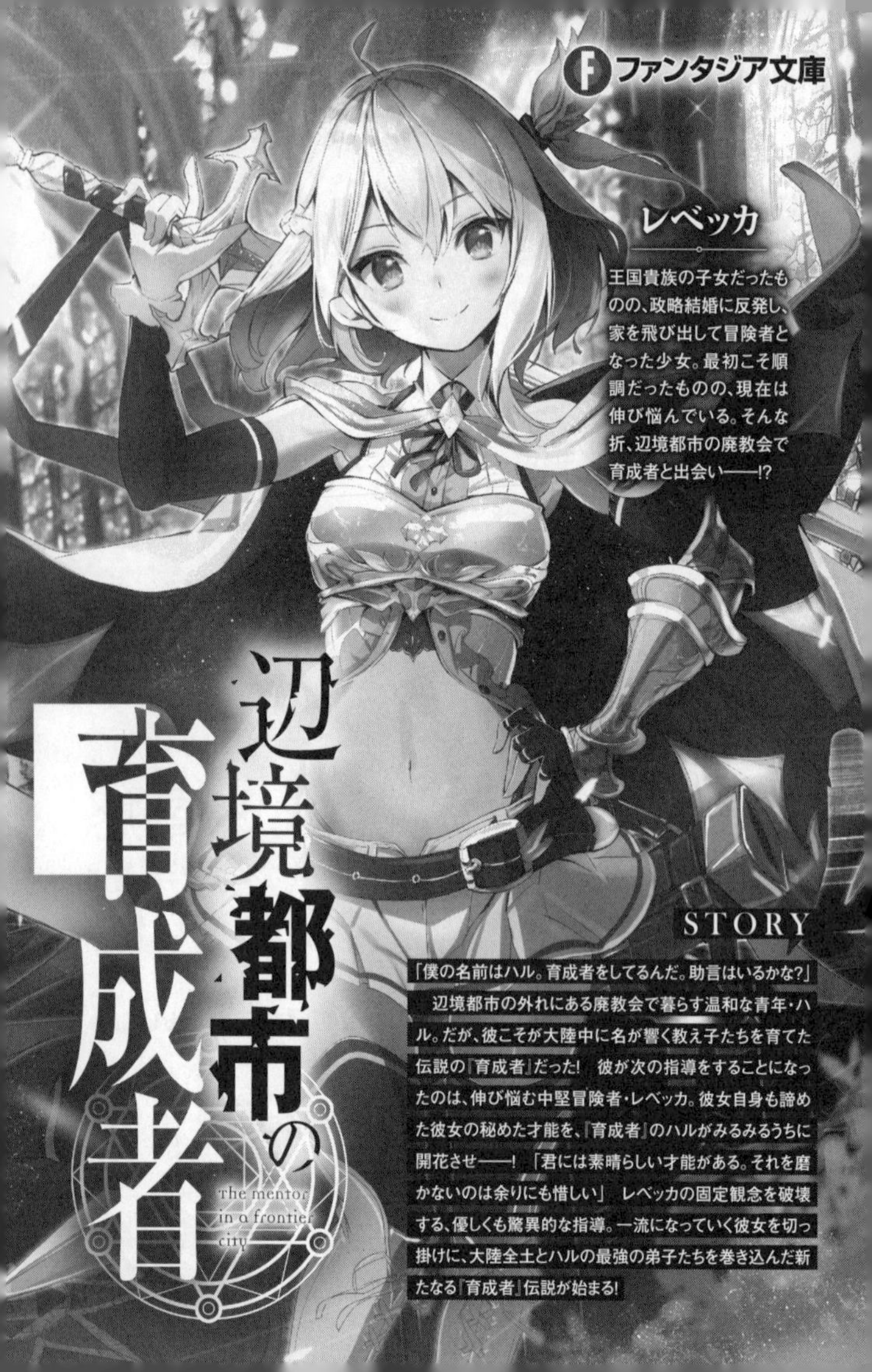

ファンタジア文庫
レベッカ
王国貴族の子女だったものの、政略結婚に反発し、家を飛び出して冒険者となった少女。最初こそ順調だったものの、現在は伸び悩んでいる。そんな折、辺境都市の廃教会で育成者と出会い――!?
辺境都市の育成者
The mentor in a frontier city
STORY
「僕の名前はハル。育成者をしてるんだ。助言はいるかな?」
辺境都市の外れにある廃教会で暮らす温和な青年・ハル。だが、彼こそが大陸中に名が響く教え子たちを育てた伝説の『育成者』だった! 彼が次の指導をすることになったのは、伸び悩む中堅冒険者・レベッカ。彼女自身も諦めた彼女の秘めた才能を、『育成者』のハルがみるみるうちに開花させ――! 「君には素晴らしい才能がある。それを磨かないのは余りにも惜しい」 レベッカの固定観念を破壊する、優しくも驚異的な指導。一流になっていく彼女を切っ掛けに、大陸全土とハルの最強の弟子たちを巻き込んだ新たなる『育成者』伝説が始まる!

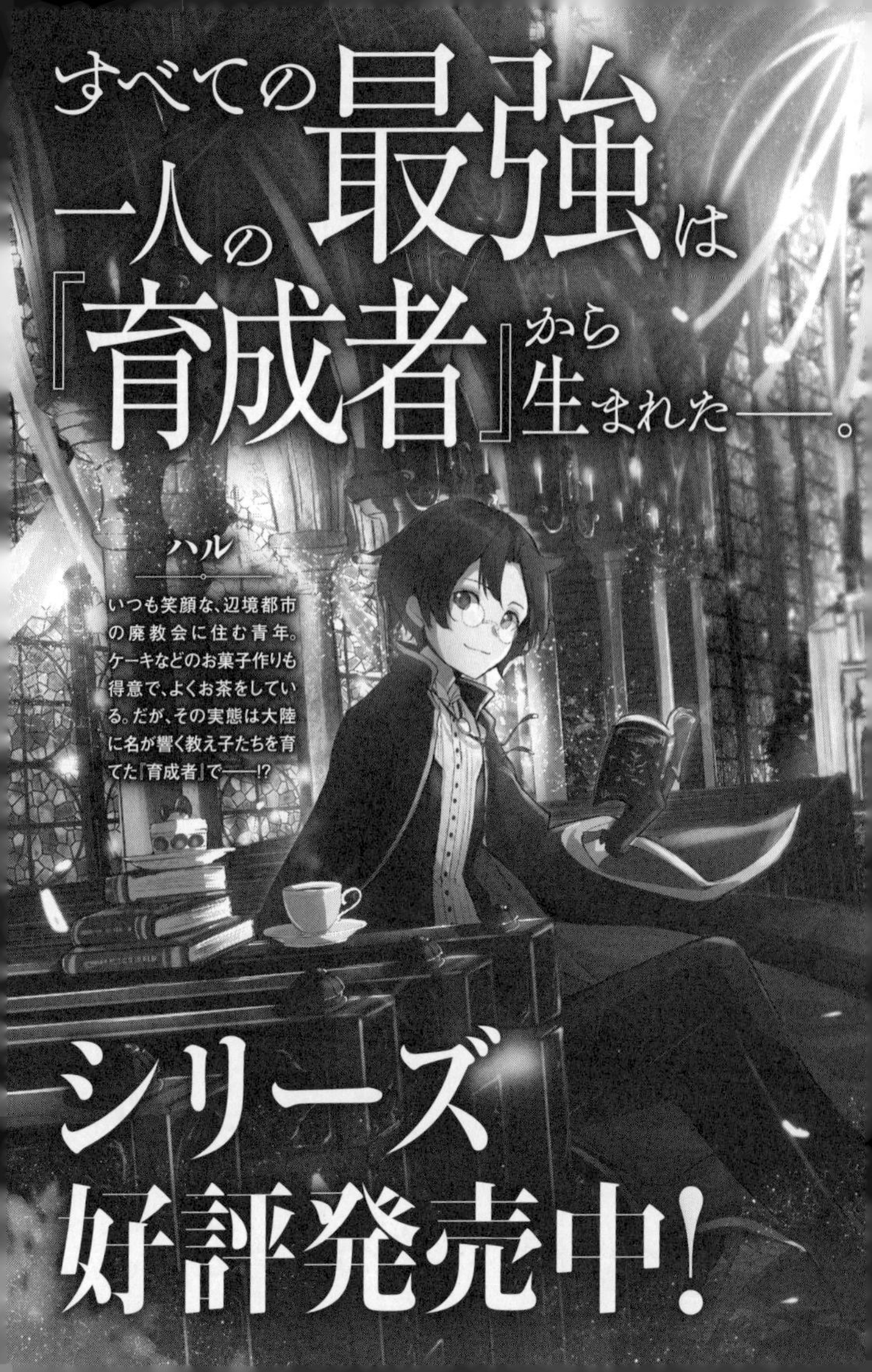
すべての最強は
一人の『育成者』から生まれた——。
ハル
いつも笑顔な、辺境都市の廃教会に住む青年。ケーキなどのお菓子作りも得意で、よくお茶をしている。だが、その実態は大陸に名が響く教え子たちを育てた『育成者』で——!?
シリーズ好評発売中！

ファンタジア文庫
何気ない一言も
キミが一緒だと
経験
経験
お付
著／長岡マキ子
イラスト／magako

騙しあい。

各国がスパイによる戦争を繰り広げる世界。任務成功率100%、しかし性格に難ありの凄腕スパイ・クラウスは、死亡率九割を超える任務に、何故か未熟な7人の少女たちを招集するのだが——。

シリーズ
好評発売中!

ファンタジア文庫

世界最強の
“不可能任務”に挑む少女たちの
痛快スパイファンタジー！
スパイ教室
竹町
illustration
トマリ

ファンタジア文庫
イスカ
帝国の最高戦力「使徒聖」の一人。争いを終わらせるために戦う、戦争嫌いの戦闘狂
女と最強の騎士
二人が世界を変える――
帝国最強の剣士イスカ。ネビュリス皇庁が誇る魔女姫アリスリーゼ。敵対する二大国の英雄として戦場で出会った二人。しかし、互いの強さ、美しさ、抱いた夢に共鳴し、惹かれていく。たとえ戦うしかない運命にあっても――
シリーズ好評発売中！

細音啓が紡ぐ新たなるヒロイックファンタジー
細音啓
イラスト
猫鍋蒼
キミと僕の最後の戦場、あるいは世界が始まる聖戦
the War ends the world / raises the world
至高の魔
敵対する
アリスリーゼ
帝国と対立しているネビュリス皇庁の第２王女で強力な氷の星霊を使う「氷禍の魔女」

切り拓け！キミだけの王道
ファンタジア大賞
原稿募集中！
賞金
《大賞》300万円
《金賞》50万円
《銀賞》30万円
選考委員
細音啓「キミと僕の最後の戦場、あるいは世界が始まる聖戦」
橘公司「デート・ア・ライブ」
羊太郎「ロクでなし魔術講師と禁忌教典《アカシックレコード》」
ファンタジア文庫編集長
前期締切 8月末日
後期締切 2月末日
公式サイトはこちら！ https://www.fantasiataisho.com/
イラスト／つなこ、猫鍋蒼、三嶋くろね